Tractor se safalta tak

ट्रैक्टर रास्ता है मंजिल नहीं...

Gurdeep Singh

ISBN 9798894754475

ट्रैक्टर से जीत तक ...

ट्रैक्टर से अमीर बनने वाले
अलग-अलग ट्रैक्टर नहीं खरीदते...
वह ट्रैक्टर को अलग तरीके से चलते हैं...

यह किताब समर्पित करता हूं | गुरुओं को मेरी माता जी को और मेरे पिता जी को| माता जी ने मेरी बुनियाद मजबूत कर दी पिताजी ने अनुशासन की बुनियाद दी और गुरु जी ने आत्मा तक की बुनियाद को मजबूत कर दिया | मेरे सभी मित्रों का एहसानमंद रहूंगा, जिन्होंने मुझे इसमें सहयोग किया। मेरी पत्नी राज रानी, बड़ा बेटा उदय सिंह, छोटा बेटा हर्ष सिंह के सहयोग के बिना मैं यह किताब लिख नहीं सकता था।

दिल से सबको धन्यवाद और सबको समर्पित ...

Contents

Contents

खंड 2

खंड 3

इस किताब को कैसे पढ़ें ?

इस किताब को चरित्र सुधार की गाइड बुक की तरह पढ़ें। आपका चरित्र ही आपको अमीर या कम पैसे वाला बनाता है। इस किताब के हर एक अध्याय को आपको दो बार पढ़ना है। और पूरी तरह समझने के बाद। इसके बाद अपनी नोटबुक पर आपको उसको विस्तार कार्य योजन के अनुसार लिखना है ....

किसी ने क्या शानदार बात कहि है।

आप जो सुनते हैं उसे भूल जाते हैं।।

आप जो देखते हैं थोड़ा याद रखते हैं।।।

आप जो करते हैं वह जिंदगी भर आपके साथ रहता है।।।।

आपको कार्य योजना बनानी है ताकि यह आपकी सफलता के रास्ते में आपके शरीर याददाश्त बन जाए और पूरी जिंदगी आपको सफलता के रास्ते पर आगे ले जाए और यह एक अद्त बदलाव करने में मदद करेगी ...

हर कार्य योजना को विस्तार से लिखना है। आब कार्य योजना का छोटा रूप बनाकर किसी कार्ड के ऊपर या स्टिक नोट बनाकर या कांच पर लिखकर जिसमें आप रोज जाकर अपना चेहरा देखते हैं वहां पर यह चिपकाना है

यह जरूरी है बदलाव के लिए...

खंड 1

हमरी आँद्दूरनी दुनीया तय करती है। हमारी बहारी दुनिया कैसी होगी।

अगर आप जितना चाहते है तो आँद्दूरनी बदलाव करना होगा।

खंड 2

बाहर का ट्रैक्टर

इस खंड में ट्रैक्टर की तकनीकी जानकारी को समझेंगे ताकि जब हम ट्रैक्टर खरीदे हमको यह समझ हो कौन सा ट्रैक्टर सही है। किस काम के लिए सही है अगर हम गलत ट्रैक्टर खरीद लेते हैं तो हमारा काम भी नहीं होता और पैसे भी बर्बाद होते हैं।

खंड 3

इस खंड के अंदर हम समझेंगे ट्रैक्टर को सही तरीके से कैसे खरीदना है और उसे कैसे चला कर अमीर बन जाता है।

T

Target/लक्ष्य
Teachable/सीखने वाले
Truth and transparency/सच्चाई और पारदर्शिता

R

Road map of success.
Resources./सफलता की सड़क
Respect of rupees. धन की इज्जत

A

Action/ कर्म
Account/हिसाब किताब रखना
Association/एक लक्ष्य के लोगों का संगठन
Accountability /जिम्मेवारी
Attitude /नजरिया

C

Character/ चरित्र
Creativity /रचनात्मक
Clam /शांति

T

Thought /विचार
Through process /प्रक्रिया से गुजरा
Toughness /मजबूतबनाना
Time/ समय

O

Organise yourself/ अपने आप को आयोजित करें
Own by own /अपनी जिम्मेदारी खुद उठाएं
0 understand / अपने शुन्य को बड़ा करें

R

Roaming for success /सफलता के लिए घर छोड़े
Rock in way/ रास्ते के पत्थरों से सड़क बनाएं
Review and Replan /मूल्यांकन करें दोबारा योजना बनाएं।

खंड 1

हमरी आँतूरनी दुनीया तय करती है। हमारी बहारी दुनिया कैसी होगी ।

अगर आप जितना चाहते है तो आँतूरनी बदलाव करना होगा ।

Chapter 1
Target
लक्ष्य की ताकत।

आप क्या हो या आप क्या होने वाले हो यह इस बात पर निर्भर करता है कि आपका लक्ष्य क्या है। आज आप जो है वह उन लक्ष्य या निर्णय का योगफल (जोड़) हैं। यदि आपके पास पर्याप्त मात्रा में धन नहीं है तो यह आपका निर्णय या लक्ष्य का ही परिणाम है। यदि आप दुखी हैं तो भूतकाल में लिए गए लक्ष्य या निर्णय का ही परिणाम है। आज आपके रिश्ते अच्छे नहीं है तो भूतकाल में आपके लक्ष्य या निर्णय का ही परिणाम है। आप बीमार हैं यह भूतकाल में लिए गए आपका निर्णय या लक्ष्य का ही परिणाम है।

आपकी जिंदगी कैसी है इस कहानी को समझ कर निर्णय ले...

कल्पना करें एक पानी का बहुत बड़ा जहाज एक बंदरगाह पर खड़ा हुआ है। उसे जहाज का कैप्टन आता है और जहाज पर चढ़ जाता है। फिर इस जहाज को चलाने वाले लोग भी उसे पर सवार हो जाते हैं। फिर अन्य कर्मचारी जो सहयोगी हैं वह सारे उसे जहाज पर चढ़ जाते हैं। फिर कैप्टन मीटिंग बुलाता है। सबकी और सबको एक नशे के ऊपर, हमने कहां से चलना है और कहां तक जाना है, कितना समय लगेगा यह पूरी तरह से समझता है। और फिर पूरे जहाज को किन-किन प्वाइंटों पर चेक किया जाना चाहिए वह चेक किया गया है या नहीं इसकी जानकारी लेता है। उसका इंजन सही है कि नहीं उसमें ईंधन की सही मात्रा है कि नहीं उसका इंजन सही काम करेगा या नहीं पूरी तरह से पूरी जहाज की जानकारी लेता है। वह इस मीटिंग के बाद या निर्णय लेता है की जांच में सब कुछ ठीक है और हम अपने लक्ष्य की ओर बढ़ सकते हैं। और कैप्टन सही समय पर बंदरगाह को छोड़ देता है और अपनी यात्रा पर निकल जाता है। पुरी यात्रा के दौरान वह उसे नशे का और उसे लक्ष्य का पीछा करते हुए लगभग सही समय पर सही जगह पहुंच जाता है। और आप यह भी सोच सकते हैं कि इस तरह के जहाज 1000 में से 999 बार सही समय पर सही जगह पर पहुंच जाएंगे।

अभी इसी तरह से दूसरे जहाज की कल्पना करते हैं बंदरगाह का आप एक जहाज खड़ा हुआ है उसमें सिर्फ उसको चलाने वाले ही पहुंचाते हैं मार्गदर्शक जो कैप्टन है, वह नहीं आता कोई मीटिंग नहीं होती कोई प्लानिंग नहीं होती और जहाज सही समय पर उसे बंदरगाह को छोड़ देता है। आप बताइए यह जहाज कहां पर पहुंचेगी? इसका उत्तर कोई बच्चा भी दे सकता है! यह जहाज समुद्र में यात्रा पर तो निकलेगा लगातार चलेगा लहरों से लड़ाई करता हुआ इधर-उधर आगे बढ़ता रहेगा पर किसी लक्ष्य पर पहुंचने की संभावना लगभग ना के बराबर है। और आप कल्पना कर सकते हैं कि यह जहाज कहीं ना कहीं डूब जाएगा या किसी टापू से टकराकर क्षतिग्रस्त होकर वहीं पर रुक जाएगा।

अब आप तो इस प्रश्न का उत्तर दीजिए।

आपकी जिंदगी पहले वाली जहाज की तरह है या दूसरे वाले जहाज की तरह ?

आप अपना लक्ष्य निर्धारित कर चुके हैं या बिना लक्ष्य की इधर-उधर घूम रहे हैं?

आपकी जिंदगी पहले वाले जहाज की तरह व्यवस्थित है या दूसरी जांच की तरह अव्यवस्थित होकर, डूबने वाले कगार पर पहुंच रही है।

बिना लक्ष्य हमेशा बर्बादी ही आती है...

अब एक और कल्पना करते हैं एक हवाई अड्डे पर एक हवाई जहाज खड़ा हुआ है उसे पर पायलट आता है और चढ़ जाता है फिर ग्रुप मेंबरआते है वह भी उसे पर सवार हो जाता है। लेकिन पायलट चढ़ाने से पहले पूरा प्लान कहां पर जाना है कितने बजे फ्लाइट उड़ानी है, कौन से रास्ते पर जानी है पूरा विवरण तय कर लेता है। और यह भी पता करता है कि हवाई जहाज की चेकिंग पूरी तरह से हो गई है कि नहीं उसमें ईंधन सही मात्रा में भर दिया है या नहीं। और हवाई जहाज में बैठने के बाद फर्स्ट पायलट और कैप्टन दोनों सारी चीजों का विस्तार से चेकिंग करते हैं जो उनके मैन्युअल में होता है। और पीछे क्रू मेंबर सारी अपनी प्लानिंग के साथ यात्रियों को संभालने का कार्य करते हैं।

कैप्टन को पूरी तरह से अपने लक्ष्य का पता है कौन से रास्ते पर जाना है यह पता है कितनी ऊंचाई पर उड़ना है यह पता है कब ऊंचाई बढ़ानी है या कब नीचे आना यह पता है, उड़ने का समय पता है और लैंडिंग का समय पता है। यानी बारीक से बारीक

चीज भी अपने लक्ष्य के बारे में कैप्टन को पता है। दोस्तों बताइए यह हवाई जहाज उड़ेगा तो 1000 में से 999 बार अपनी सही समय पर सही लक्ष्य पर पहुंच जाएगा।

अब एक और कल्पना में एक जहाज हवाई अड्डे पर खड़ा हुआ है दोनों कप्तान चढ़ते हैं सभी लोग भी आ जाता है और ग्रुप भी चढ़ जाता है वह पूरी तरह से पीछे यात्रियों का ध्यान रखते हैं लेकिन कप्तान को दिशा दिखाने वाला जो रडार है वह काम नहीं कर रहा है यानी लक्ष्य तक जाने वाला जो सिस्टम है वह हवाई जहाज में नहीं है और कप्तान को लक्ष्य का भी पता नहीं है कि कहां जाना है। और इस समय पर यह हवाई जहाज भी उड़ान भरता है तो यह कहां को जाएगा उन्हें यह पता नहीं है कितनी ऊंचाई पर उड़ान भरनी है। यह पता नहीं है कब हवाई जहाज को लैंड करना है।

अब बताइए दूसरे वाले हवाई जहाज का क्या होगा। पहली कहानी की तरह यह कोई बच्चा भी बता सकता है यह हवाई जहाज दुर्घटना ग्रस्त होकर कहीं पर खत्म हो जाएगा। और सारे के सारे पैसेंजर यात्री और क्रू मेंबर कैप्टन सब लोग मृत्यु को प्राप्त हो जाएंगे।

आपके लिए फिर भी प्रश्न!

आपकी जिंदगी में कैसी है पहले हवाई जहाज की तरह या दूसरे हवाई जहाज की तरह?

कहीं आपकी जिंदगी बिना लक्ष्य की इधर-उधर तो नहीं भटक रही है और एक डूबते हुए जहाज एक दुर्घटनाग्रस्त हुए हवाई जहाज की तरह बर्बादी के कगार पर तो नहीं पहुंच रही है।

1000 मिल की यात्रा पहले कम से शुरू होती है।

यह कन्प्यूशियस के शब्द।

और यह शब्द शायद इरालिए कह गए थे कि पहला कदम लक्ष्य बनाने का है लक्ष्य बनाकर जब आप पहला कदम उसे पर रख देते हैं तो आप किसी भी रास्ते को तय करने के लिए अपने मस्तिष्क को तैयार कर लेते हैं और यह बता देते हैं कि मुझे यह चाहिए...

आपका लक्ष्य है आप ट्रैक्टर क्यों ले रहे हैं..

यहां पर मैं मशहूर लेखक ब्रांईन ट्रेसी जो लक्ष्य किताब के लेखक हैं उनकी जिंदगी की कहानी सुनना चाहूंगा।

ब्रांईन ट्रेसी बहुत ही गरीब परिवार में पैदा हुए।

18 साल की उम्र में पढ़ाई किए बिना स्कूल छोड़ दिया। छोटे से होटल में बर्तन मनाने का काम किया। कार धोने का काम किया। हर छोटा काम जो कर सकते थे सिर्फ पेट भरने के लिए वह करते रहे एक दिन उनकी जिंदगी में एक अद्त बदलाव आया जिस दिन उन्होंने कागज लिया और उसे पर अपने लक्ष्य लिखा वह लिखते हैं। अपनी किताब में जिसका नाम लक्ष्य है। उसे दिन से उनकी जिंदगी बदल गई और उन्होंने उसे समय यह निर्णय लिया कि आज के बाद मेरे पास इतना धन होगा जो मेरी इच्छा है फिर उसी हिसाब से उन्होंने कदम उठाए और आज वह विश्व के महानतम लेखन में प्रेरित करने वालों में उनका नाम गिना जाता है। तो देखा दोस्तों लक्ष्य की ताकत कितनी तगड़ी है ब्रायन ट्रेसी भी यही कहते हैं

इंसान का दिमाग या मस्तिष्क बिना लक्ष्य के कार्य ही नहीं करता।

क्योंकि हमारे मस्तिष्क का निर्माण हमारे को सिर्फ सुरक्षित रहने के लिए किया गया है तो वह सिर्फ हमको सुरक्षित रखता है हमारे को अपने कंफर्ट जोन से बाहर नहीं निकलने देता यही का एक सबसे बड़ा कारण है कि ज्यादातर लोगों की जिंदगी दुखद कम पैसे वाली बीमारी से भरी हुई होती है

लक्षण के बिना ब्रह्मांड की सारी शक्तियां आपके विपरीत काम करती हैं या जो छोटे-मोटे लक्ष्य हैं वह पूरे करने में ब्रह्मांड आपका साथ देता है लेकिन आपका लक्ष्य जैसे बड़ा हो जाता है ब्रह्मांड आ गया आकर खुद आपको मदद करने के लिए वैसे-वैसे परिस्थितियों बनाना शुरू कर देता है ताकि वह लक्ष्य आपको जल्द से जल्द मिल सके।

एक और कहानी ब्रायन ट्रेसी की किताब से ही है कि इंसान के दिमाग में साइबर्नेटिक पावर होती है इस ब्रह्मांड की शक्ति भी आप कह सकते हैं

एक घर पर पाला हुआ कबूतर ले और उसको पिंजरे में बंद कर दे पिंजरे को एक डब्बे में बंद करें जिसमें रोशनी जाने की जगह नहीं हो फिर डब्बे को कंबल से ढक डी और उसको ट्रक में रखकर हजार किलोमीटर दूर ले जाए और वहां जाकर ट्रक में से कंबल से ढका हुआ डब्बा उतारे। कंबल को हटाए डब्बा खोलें। पिंजरे को निकले

पिंजरे को खोल दे। और कबूतर को आजाद कर दे। कबूतर उड़ान भरेगा, आसमान के तीन चक्कर लगाने के बाद में सीधा अपने घर की ओर आएगा। तो देखा दोस्तों कबूतर में जो साइबर्नेटिक पावर है वह अपने घर की ओर पहुंच जाएगा।

दूसरा उदाहरण गिर गाय का है आप 10 से 15 गिर गाय ले उसको एक ट्रक में चढ़ा दे। 50 किलोमीटर दूर ले जाएं और ट्रक को पूरी तरह से ढक ले जाए ताकि कुछ दिखे नहीं 50 किलोमीटर दूर जाने के बाद ट्रक को खोले गए को छोड़ दें यह गाय का झुंड उतरते ही अपने घर की ओर भागेगा। यह तब तक भगत रहेगा जब तक अपने घर पर पहुंच नहीं जाता।

देखा दोस्तों गए में कितनी बड़ी साइबर्नेटिक पावर है कितनी समझ है इसी तरह हमारे लक्ष्य की ताकत को भी हम समझेंगे।

समुद्र में कुछ मछलियां हैं जो एक ही जगह पर आकर पूर्णिमा के दिन अंडे देती है और यह मछलियां अंडे देख वहां से चली जाती है अब इन अंडों में से बच्चे निकलते हैं। और समुद्र की छाती चीरते हुए बहुत दूर तक जाकर वापस पूर्णिमा वाले दिन वहीं पर जाकर उनके बच्चे भी अंडे देते हैं। यह प्रक्रिया लगातार हजारों सालों से चल रहा है तो यह कैसे हो सकता है। यह सिर्फ साइबर्नेटिक पावर यानी उनके डीएनए में यह साबरनेटिक पावर सुरक्षित है।

इसी तरह से जब हम लक्ष्य बना लेते हैं तो हमारा दिमाग या मस्तिष्क और हमारा शरीर मिलकर इस तरह की एक साइबर्नेटिक पावर तैयार करता है कि आप उसे लक्ष्य की ओर बढ़ना शुरू हो जाते हैं।

अपने लॉ आफ अट्रैक्शन के बारे में सुना होगा यह लक्ष्य से ही पैदा होता है। यदि आपका लक्ष्य बड़ा है इच्छा प्रज्वलित है और आप लक्ष्य को पाने के लिए प्रेरित है तो ब्रह्मांड आपको सारी चीज देगा ताकि आप उसे लक्ष्य को प्राप्त कर ले।

लेकिन हमारे किसी भी स्कूल के अंदर किसी भी व्यवस्था के अंदर लक्ष्य की ताकत को हमको पढ़ाया यह सिखाया नहीं जाता तो यह हमको खुद ही सीखना होता है। गुरुओं के पास जाकर सीखना होता है जब आप मोक्ष प्राप्त कर सकते हैं। तो यह लक्ष्य तो आम सी बात है आप आसानी से तय कर सकते हैं। चाहे धन का लक्ष्य हो चाहे स्वास्थ्य का लक्ष्य हो चाहे रिश्तो का लक्ष्य हो कुछ भी आसानी से आप प्राप्त कर

सकते हैं। बस लक्ष्य की ताकत आपको समझ में आ गई तो अन्यथा जो चल रहा है वह तो चलता ही रहेगा।

मेरी जिंदगी की कहानी।

मेरी जिंदगी उसे दिन बदल गई जिस दिन मैंने अनजाने में लक्ष्य तय किया।

मैं गुरदीप सिंह एक गरीब किसान के घर पैदा हुआ। मेरे को बचपन का पहला दिन याद है कि मैं खेत में काम कर रहा था और मेरा पूरा बचपन खेती करते हुए बिता।

पांचवी कक्षा में आते-आते एक लक्ष्य बना मुझे प्रथम आना है क्योंकि प्रथम आने वाले छात्रों के साथ बहुत अच्छा व्यवहार होता है अनजाने में खेती करते-करते में प्रथम आ गया वह दिन आज भी मुझे बहुत अच्छी तरह से याद है जब मेरे प्रिंसिपल जिनका नाम स्वामी था और स्वामी रॉयल पब्लिक स्कूल भारत नगर श्रीगंगानगर राजस्थान में मैं पढ़ता था। उन्होंने मुझे कुछ काम के लिए भेजा था मैं वापस आया काम करके तो स्कूल की छुट्टी हो चुकी थी और हमारे प्रिंसिपल ने हमको ऑफिस में बुलाया हम तीन लोग थे मैं हनुमान सिंह और विजय नायक हम तीनों काम करके वापस आए वह मेहनत का काम था उसके उपहार स्वरूप गुरु जी ने हमारा रिजल्ट हमको बताया जिसमें मैं प्रथम आया था मुझे इतनी खुशी हुई जिसका कोई अंत नहीं था यानी जब लक्ष्य पा लेते हैं तभी आपको खुशी का एहसास होता है। खुशी का मतलब ही लक्ष्य को पाना है।

लेकिन गरीबी चलते, मैं हिंदू मलकोट सरकारी स्कूल में प्रवेश पाता हूं। जिनकी दुखों से बीती हुई चल रही थी खेती के साथ-साथ पढ़ाई भी करनी होती थी। गरीबी इतनी की रोटी के लिए भी तरसना पड़ता था। एक-एक किलो आटा में अपने हाथ से लाया हूं।

उसे समय एक छोटा बच्चा कितना बड़ा लक्ष्य बना सकता था। घर में रोटी लायक पैसे हो जाए खेती में सब्जी लगनी शुरू की दो भँस थी। उनका दूध निकलता था। मैं और मेरा भाई जगदीश सिंह एक ही साइकिल पर रोज स्कूल जाते आगे दो थैलों में सब्जी होती पीछे दूध होता और अगले डंडे पर मेरा छोटा भाई बैठा होता आधे रास्ते साइकिल में चलना आधे रास्ते वह चलते। और जिंदगी को एक रास्ते पर लाने की कोशिश में मैं घर का खर्चा उठाने के लिए तैयार हो गया। मैं खाता खोला जो कि वहां ग्रामीण बैंक है। कुछ पैसे बचाकर मैं उसमें जमा कर देता। जैसा कि दूसरे छात्र चाय

पीते समोसा खाते मैं अपने मन को मार कर वह पैसा इकट्ठा कर देता। घर भी थोड़ा ठीक चलने लगा और मेरे मेरे खाते के अंदर ₹1600 के आसपास मैंने जमा कर दिए यह बात 1985 के आसपास की लगभग है। और ऐसा करते-करते मैं दसवीं कक्षा तक पहुंच गया छठी से दसवीं कक्षा तक मैं यही पढ़ा हूं। और दसवीं कक्षा में पहुंच गई 6 फरवरी को एक दुखद समाचार आया कि मेरे पिताजी जो की एक चौकीदारी की काम करते थे वहीं पर उनकी मृत्यु हो गई। 20 मार्च को मेरे दसवीं के परीक्षा थी। यह मेरी सबसे बड़ी परीक्षा की घड़ी थी। उसे समय दसवीं के बच्चे को क्या पता होता है परिवार को कैसे संभालना तीन भाई बहनों को कैसे संभालना है।

मैंने दसवीं के परीक्षा दी और मैं तृतीय श्रेणी से पास हो गया जबकि मेरे सारे साथी फेल हो गए। गणित और विज्ञान में अच्छे नंबर आए थे। इसलिए मेरे गुरु जी ने कहा आप नॉन मेडिकल ले लीजिए। मैं नॉन मेडिकल ले लिया और गंगानगर की सरकारी स्कूल में अपना दाखिला खुद ही अपने हाथों से करवाया।

इसी समय में पढ़ाई के साथ-साथ खेती का काम भी करता दिन-रात मेहनत की माता के साथ मिलकर इतनी मेहनत की कि हमने सिर्फ 6 महीना के अंदर गंगानगर के अंदर एक मकान खरीद लिया।

गंगानगर में पढ़ाई चालू की 12वीं में पढ़ाई कम करने की वजह से फेल हो गया कुछ गलत आदतों की वजह से।

अपने आप को संभाल दोबारा पेपर दिए द्वितीय श्रेणी से पास हुआ।

उसे समय विजय कुमार अग्रवाल जी हमारे गणित के अध्यापक थे उन्होंने कहा गुरदीप तेरा गणित और विज्ञान बहुत अच्छा है तू इंजीनियरिंग का टेस्ट क्यों नहीं देता तो इंजीनियर बन सकता है। मैं बीएससी के लिए सरकारी कॉलेज के अंदर प्रवेश पा चुका था। इस समय मेरा लक्ष्य बना इंजीनियर बनना है। मैं कॉलेज छोड़ दिया इंजीनियरिंग की तैयारी के लिए गुरु जी कैसा पास ट्यूशन लग गया। विजय कुमार अग्रवाल जी ने मुझे सलाह दी कि आप जयपुर चले जाइए वहां पर तैयारी कीजिए मैं और मेरा दोस्त मोरध्वज हम दोनों जयपुर के लिए निकल गए जयपुर में तैयारी की वापस गंगानगर आए पेपर देने से पहले।

मेरी एक बहुत बड़ी ताकत थी मैं गुरु जी के परिवार को अपने परिवार जैसा बना लेता था मैं उनके लिए दूध लेकर जाता गने लेकर जाता खेत में से बैर मिल जाते तो बैर लेकर जाता जो भी चीज मुझे खेत में मिल जाती मैं गुरु जी के घर पर देता था। गुरु जी की पत्नी एक दिन बोलती है गुरदीप इंजीनियर बैंक क्या करेगा इतनी मेहनत क्यों करता है। उसे दिन मैंने गुरु जी की पत्नी से कहा मैं या तो इंजीनियर बनेगा या फिर बैलों के पीछे खेती करूंगा। बस मेरे पास दो ही रास्ते हैं और दोस्तों मेरा सिलेक्शन इंजीनियरिंग में हो जाता है मैं उदयपुर के कॉलेज मिलता है और उसमें कृषि के अंदर स्नातक में मेरा प्रवेश होता है और 4 साल कड़ी मेहनत के बाद मेरा लक्ष्य मिलता है कि मैं प्रथम श्रेणी से स्नातक हो जाता हूं।

फिर फिर मन में लक्ष्य बना कि अब नौकरी होनी चाहिए कॉलेज में तीन कंपनियां नौकरी के लिए इंटरव्यू लेने आई। माशाल इरिगेशन, मैसी फर्ग्यूसन ट्रैक्टर की कंपनी और एक एनजीओ, मेरा दो में सिलेक्शन हो जाता है, तुरंत ही इरिगेशन कंपनी कंपनी ज्वाइन कर लेता हूं। जो कि उसे समय राजस्थान में ड्रिप इरीगेशन का काम करती थी। 15 दिनों बाद मेस्सी फर्गुसन से अपॉइंटमेंट लेटर आ जाता है और मैं यह नौकरी छोड़कर मैं मेस्सी फर्गुसन में चला जाता हूं।

उसे समय मेरी मात्र ₹4000 तनख्वाह थी। फिर लक्ष्य बना की तनख्वाह 10000 होनी चाहिए 10000 हो गई फिर लक्ष्य बना की 20000 होनी चाहिए 20000 हो गई फिर लक्ष्य बना की 50000 होनी चाहिए 50000 होगी फिर लक्ष्य बना की एक लाख होनी चाहिए एक लाख हो गई फिर लक्ष्य बना की दो लाख होनी चाहिए 2 लाख हो गई फिर लक्ष्य बना की 3 लाख होनी चाहिए 3 लाख हो गई इस तरह जिंदगी आगे बढ़ती रही।

फिर लक्ष्य बना की बिजनेस करते हैं उसमें बड़ा बनते हैं और हमने कपड़े का बिजनेस शुरुआत की नागपुर में आज हमारा बुटीक हर साल 2 करोड़ से ऊपर का प्रॉफिट कमाता है यह सिर्फ लक्ष्य की ताकत है। दोस्तों एक गरीब बच्चा जो खाने को भी मोहताज था आज उसका परिवार हर साल 2 करोड़ रुपए आसानी से कमाता है। और हमारा आग लगा अगला लक्ष्य है हर महीने एक करोड़ से ज्यादा कमाना उसे अगला लक्ष्य बनेगा 5 करोड़ उससे अलग लक्ष्य बनेगा 100 करोड़।

आप मेरी कहानी से समझ सकते हैं लक्ष्य की ताकत। लक्ष्य हमेशा आपको प्राप्त होता है बस आपकी कितनी प्रज्वलित इच्छा है इस पर यह निर्भर करता है यानी आपको कितना जरूरी है। यह चाहिए ही चाहिए इस पर निर्भर करता है

आप दिमाग में जो सोचते हैं या कल्पना करते हैं वही आपको प्राप्त होता है अगर आपने कल्पना नहीं की सोच नहीं तो आपको कुछ भी नहीं प्राप्त होता क्योंकि हमारा जो मस्तिष्क है। वह एक प्रोग्रामिंग तैयार करता है जिससे हमारा एक्शन निकलता है यानी अगर हमारे मस्तिष्क के अंदर कुछ नहीं है तो आने वाले जो अवसर है उनको वह देख ही नहीं पता है। और सामने से निकल जाते हैं और हम अपनी जिंदगी में आगे बढ़ाने की बजाय इस जगह खड़े पाते हैं अपने आप को।

लक्ष्य बनाने की कार्य योजना

मेरे कहने से सिर्फ कुछ घंटे निकाल कर विचार करें और लिखें विस्तार से...

1.आपकी जिंदगी के साथ महत्वपूर्ण 10 लक्ष्य को सोच समझ कर लिखें.।

1. 3 और 7 को चिन्हित कर कर उन पर काम करना शुरू कर दे।

2. अगर मैं आज आपको एक करोड रुपए दे दूं तो आप उसे एक करोड रुपए से क्या खरीदना चाहेंगे कैसा घर चाहेंगे क्या-क्या करना चाहेंगे उसको विस्तार से लिखना है आप अपनी जिंदगी में कैसा-कैसा बदलाव करना चाहते हैं विस्तार से लिखना है।

   इसका लगभग एक पेज से ज्यादा लिखना है आपको।

3. आज आपको भगवान अल्लाह गॉड गुरु एक ऐसी शक्ति दे जिससे आप किसी समय कुछ भी प्राप्त कर सकते हैं। तो आप क्या-क्या पैदा करना चाहोगे गा क्या-क्या प्राप्त करना चाहोगे विस्तार से लिखिए लगभग एक पेज लिखना है।

4. वर्तमान में आपकी सबसे बड़ी चिंता क्या है। वर्तमान में आपकी सबसे बड़ी समस्या क्या है। उसे विस्तार से लिखें उसमें ही आपका लक्ष्य छुपा होता है।

5. आपको अपने अंतर मन से कौन सा काम करना सबसे ज्यादा पसंद है। और आपको सबसे ज्यादा उससे संतुष्टि एहसास होता है महत्व का एहसास होता है। और पूर्णता महसूस करते हैं.। आप इस काम को बिना थके बिना रुके कर सकते हैं कई रातों को जाकर भी कर सकते हैं और इस काम को करने पर आपको उत्साह महसूस होता है इसको विस्तार से अपने अंतर मन में खोजें और लगभग एक पेज लिखे।

6. अगर आपकी सारी सीमाएं हटा दी जाए और आप मुक्त हैं तो आप क्या करना चाहेंगे विस्तार से लिखिए लगभग एक पेज लिखे।

7. यदि मैं आपको कहूं कि आपके पास सिर्फ 3 महीने का जीवन शेष बचा है आप 3 महीने में मर जाएंगे तो आप अभी क्या-क्या काम करने चाहेंगे उन कामों को विस्तार से लिखें।

अपना मुख्य लक्ष्य तय करें

लक्ष्य एक सकारात्मक वाक्य होता है। जो वर्तमान काल में लिखा जाता है यह वाक्य सटीक और स्पष्ट होना चाहिए। इसको वर्तमान सतत कल में लिखना और भी उपयोगी होता है इसके शुरुआत में आपकी गोद अल्लाह वाहेगुरु को धन्यवाद का स्वरूप देना और भी लाभकारी होता है। और इसमें एक भावनात्मक शब्द भी जोड़ा होना चाहिए जिसके लिए यह आपकी भावना से जुड़कर आपके लिए ज्यादा काम करता है आई इस उधरणों से समझते हैं।

मैं जब बहुत लोगों से पूछता हूं कि आपका लक्ष्य क्या है तो इस तरह का जवाब देते हैं

मैं खुश रहना चाहता हूं।

मैं अमीर बनना चाहता हूं।

मैं स्वस्थ जीवन चाहता हूं।

मैं अपने रिश्ते अच्छे करना चाहता हूं।

मैं चाहता हूं कि जो काम करूं उसमें लोग मेरी तारीफ करें।

इस तरह के हजारों वाक्य बताते हैं लेकिन यह बात लक्ष्य वाक्य से दूर है। इससे आपको कुछ भी प्राप्त नहीं होगा यह लक्ष्य वाक्य नहीं है इसको आपको सुधारना होगा लिए इसको सुधारने का तरीका सीखते हैं।

उदाहरण के तौर पर मैं अमीर बनना चाहता हूं इसको ले लेते हैं।

आप सोच आपको ₹50 किसी को देने में आमिर महसूस करते हैं। तो ब्रह्मांड आपको ₹50 दे देगा और आपको अमीर बना देगा, लेकिन आपको ज्यादा चाहिए तो ब्रह्मांड आपको ज्यादा देगा बस वह रकम आपको ब्रह्मांड को क्लियर करके बतानी है स्पष्ट रूप से बतानी है। अब मान लेते हैं आपको 5 करोड रुपए चाहिए तो वाक्य बनता है।

मैं इस समय 5 करोड़ का मालिक हूं।

तो इस वाक्य में भावनात्मक शब्दों की कमी है और धन्यवाद भावना की कमी है सतत वर्तमान में नहीं है तो यह शब्द और जोड़ते हैं इसके अंदर।

मैं इस समय 5 करोड़ का मालिकहूं इस समय हम सारा परिवार स्विट्जरलैंड घूमने आए हुए हैं मैं बहुत खुशी महसूस कर रहा हूं।

इस लक्ष्य वाक्य में परमात्मा को धन्यवाद की भावना की कमी होने के कारण यह भी उपयुक्त वाक्य नहीं है लिए इसे और ठीक करते हैं।

हे प्रभु हे परमात्मा है अल्लाह तेरा धन्यवाद है आज मैं लगातार 5 करोड़ का मालिक बन चुका हूं और लगातार पैसा मेरे और बड़ा हो रहा है। आज मैं अपने परिवार के साथ स्विट्जरलैंड घूमने आया हूं और फर्स्ट क्लास सीट में हवाई जहाज यात्रा की है। और मैं अपने परिवार के साथ इन पहाड़ों में इस बर्फ में खुशी बन रहा हूं और मैं बहुत संतुष्ट हूं मैं आपका धन्यवाद करता हूं।

तो इस तरह से कुछ आप अपने लक्ष्य को अपने लिए इस्तेमाल करने के लिए तैयार कर सकते हैं। कम से कम आपको 10 लक्ष्य बनाने ही बनाने हैं। तो इस लक्षण को विस्तार से बनाये।

अपना लक्ष्य वाक्य पूर्णतया बनाने के बाद हर एक लक्ष्य के नीचे आपको लगभग दो पेज लिखने की आपको यह लक्ष्य क्यों चाहिए ताकि यह लक्ष्य आपके अंतर मन तक पहुंच सके। आपके मन को पता लग सके कि ये मेरे लिए कितना महत्वपूर्ण है।

इस लक्ष्य को प्राप्त करने के बाद आपको क्या-क्या अच्छा महसूस होगा या आपके साथ क्या अच्छा होगा इसको विस्तार से दो पेज लिखे।

अगर यह आपका लक्ष्य प्राप्त नहीं कर सकते हैं तो आपके साथ क्या-क्या बुरा होगा। वह बुरे से बड़ा विस्तार से लगभग दो पेज, अगर यह आपका लक्ष्य प्राप्त नहीं कर सकते हैं तो आपके साथ क्या-क्या बुरा होगा। वह बुरे से बुरा विस्तार से लगभग दो पेज। अगर यह आपका लक्ष्य प्राप्त नहीं कर सकते हैं तो आपके साथ क्या-क्या बुरा होगा। वह बुरे से बुरा विस्तार से अगर यह आपका लक्ष्य प्राप्त नहीं कर सकते हैं। तो आपके साथ क्या-क्या बुरा होगा वह बुरे से बरा विस्तार से लगभग दो पेज लिखिए।

अगर यह लक्ष्य आपका प्राप्त नहीं होता तो आपके साथ क्या अच्छा हो सकता है इसको विस्तार से लिखिए।

अगर यह लक्ष्य प्राप्त कर लेते हैं तो आपके साथ क्या बुरा हो सकता है इसको विस्तार से दो पेज लिखिए।

आपको सारी चीजों को विस्तार से लिखना है यह आपके अंतर मन तक गहराई तक लक्ष्य को पहुंचाने का एक सटीक तरीका है।

Chapter 2
Teachable
सीखने वाला
चैंपियंस हमेशा नया सीखने के लिए तैयार रहते हैं।

दुनिया के सबसे तीन बुरे शब्द हैं। **मुझे सब पता है। मुझे सब आता है**

यह खतरनाक शब्द है अगर यह खतरनाक शब्द आपकी भी शब्दकोश में है तो इसे निकाल दीजिए। जितने भी महान खिलाड़ी, महान नेता महान, वैज्ञानिक हुए हैं उनके शब्दकोश में यह शब्द नहीं थे।

सचिन तेंदुलकर अपने अचरेकर से कुछ रोज नया नहीं सिखाते तो तभी महान खिलाड़ी नहीं बनते।

इस सदी के माइकल फेल्प्स ने तैराकी में इतिहास रच दिया। उन्होंने सबसे ज्यादा गोल्ड मेडल ओलंपिक में जीत के यह इतिहास रचा था। जब उनसे पूछा गया उन्होंने कहा कि यह मेरी मेहनत और गुरु के मार्गदर्शन से ही संभव हुआ है।

महाभारत में भी गुरु द्रोणाचार्य ने स्थान भुलया नहीं जा सकता। अर्जुन अगर गुरु द्रोण से सही सीख नहीं सिखाते। तो कभी भी महान तीरंदाज नहीं बन सकते थे। सिखाया सबको गया लेकिन सबसे ज्यादा अर्जुन ने सिखा इसीलिए अर्जुन टीचेबल था इसलिए वह सीख पाया। बाकी टीचेबल कम थे नहीं सीख पाए।

इसी तरह से हजारों कहानी बताई जा सकती है। जहां पर गुरु का सबसे बड़ा महत्व है। आज के युग में गुरु को स्कूल और कॉलेज में छोड़ दिया जाता है। इसीलिए तो हमारी जिंदगी में दुख है इसीलिए जिंदगी में ऐसा फलता है। इसीलिए रिश्ते अच्छे नहीं है। गुरु की महत्वता हमारे समाज में आज भी उतनी महत्वपूर्ण है जितनी आदिकाल में थी।

अब दो जवान लड़कों का उदाहरण लेते हैं। यह काल्पनिक नाम है एक का नाम है। सुरेश और मुकेश दोनों में सुरेश अपने गुरु के पास रोज जाता है। और कुछ ना कुछ नया सीखना है और उसको अपनी जिंदगी में बलाव लेकर आता है। और जिंदगी में आगे बढ़ता रहता है। लेकिन मुकेश यह कहता है मुझको तो सब मालूम है। कुछ सालों बाद आप खुद अंदाजा लगा सकते हो कि सुरेश कहां पर होगा और मुकेश कहां पर होगा। सुरेश आगे बढ़ चुका होगा अपनी जिंदगी में सफल होगा रिश्तो को अच्छा समझ रहा होगा धन में अच्छा होगा। जबकि मुकेश की जिंदगी तो बर्बादी के कगार पर आ चुकी होगी।

इस कहानी का कुल मतलब यह है कि आपके पास गुरु जरूर होना चाहिए जो आपके उत्साह दे सके आपकी गलतियां बता सके आपको जिंदगी में कहाँ-कहाँ पर तकलीफ आती है। आप उनसे पूछ सके। आज के युग में उसे मैनटोर भी कहते हैं।

आप प्रकृति में एक दृश्य को देखिए बहुत सारे आपके आसपास पेड़ है पेड़ या तो बढ़ रहे हैं। अगर कोई पेड़ नहीं बढ़ रहा है तो इसका मतलब है वह पेड़ मर रहा है। तो इंसानों के स्वभाव में इसी तरह से ज्ञान का प्रभाव यह तय करता है कि वह इंसान जिंदा है या मर रहा है। अगर इंसान रोज कुछ नया सीख रहा है तो वह मरते समय तक जिंदा रह सकता है। अगर नहीं सीख रहा है तो मारना शुरू हो चुका है। नया सीखना ही हमारी जिंदगी को एक नई दिशा देता है चाहे उम्र का कोई सा भी पड़ा हो।

यह करने से आप हमेशा जवान बने रहेंगे जवान आप हमेशा शरीर से होते हैं मस्तिष्क से नहीं मस्तिष्क में रोज कुछ नया सिख कि आप हमेशा जवान बने रहेंगे अपना गुरु खोजिए मैनटोर खोजिए।

कार्य योजना :

हर रोज नया सीखने का निर्णय ले।

हर रोज नया सीखे ...

हमेशा विद्यार्थी बने रहे

यह आपकी जिंदगी को बदल देगा

Chapter 3
Truth and Transparency
सच्चाई और पारदर्शिता

जीतने वाले हमेशा सच्चे और पारदर्शी होते हैं। आज तक का इतिहास गवाह है सच्चाई हमेशा जीतती है। सच्चाई के साथ पारदर्शिता उनका मुख्य गुण होता है।

सच की कोई औलाद नहीं होती वह बांझ होता है। यानी सच की कोई औलाद नहीं होती। झूठ की बहुत सारी औलाद होती है यानी जब आप झूठ बोलते हैं उसे झूठ को छुपाने के लिए अगला झूठ फिर अगला झूठ फिर अगला झूठ इस तरह से आपके मस्तिष्क का एक बड़ा हिस्सा सिर्फ उसे झूठ को छुपाने में लगा रहता है। जबकि इस हिस्से का इस्तेमाल करके आप अमीर कामयाब और प्रसिद्ध बन सकते हैं।

झूठ अपने साथ हमेशा दुख गरीबी बीमारी चिंता यह सब चीजों को साथ में लेकर चलता है। जबकि सच इसके विपरीत होता है। और मुख्य तौर पर बर्बादी का कारण झूठ ही होता है।

जब भी आप किसी चीज में पारदर्शिता को इस्तेमाल करते हैं। चाहे वह बिजनेस हो चाहे आपके रिश्ते हो वह रिश्ते बहुत अच्छे हो जाते हैं और वही रिश्ते आपको बहुत सारे लोगों के साथ जोड़ते हैं। लोग भी आपको धन देते हैं सुख देते हैं। शांति देते हैं अगर आपके बिजनेस में व्यापार में पारदर्शिता की कमी है तो वह बिजनेस कभी भी सफल नहीं हो सकता। पारदर्शिता सफलता तय कर देती है।

उदाहरण के लिए आप एक ट्रैक्टर खरीदने हैं सारे उसके यंत्र भी खरीद लेते हैं और उसे गांव के अंदर आप लोगों का काम भी करते हैं।

अब आप हर समय मन में बेईमानी रखते हैं। आप सही तरीके से लोगों का काम करके नहीं देते पहले रेट कुछ बता देते हैं काम करने का फिर पैसे ज्यादा मांगते हैं यानी पारदर्शिता की कमी रखते हैं। तो आप खुद सोच सकते हैं आपके साथ क्या होगा

थोड़े दिनों में आपको काम मिलना बंद हो जाएगा। अब ट्रैक्टर की किस्त आपको अपने घर के धन से भरनी है आपके पास जो है उसको बेच कर, आपको ट्रैक्टर का पैसा चुकाना पड़ेगा।

इसके विपरीत आप बहुत सच्चे हैं और पारदर्शिता के साथ काम करते हैं। आप यह ध्यान रखते हैं कि जिसका भी काम करना है। उसे विस्तार से कितना पैसा लगेगा इसको समझा देते हैं। और यह भी तय कर लेते हैं कि आपको पैसे कब देगा और आप सच्चाई के साथ उसका बहुत सारा अच्छा काम करते हैं। गहराई सही रखते हैं यंत्र की, और पूरी ईमानदारी के साथ काम करते हैं। यह तय कर देगा कि आपको काम ज्यादा मिलेगा। आपको हर समय काम ज्यादा होगा समय कम होगा। आप अमीर बनने की और आगे बढ़ जाएंगे।

पारदर्शिता का मतलब है आप आपकी कथनी और करनी में अंतर नहीं होता। जो आप बोलते हैं वही आप करते हैं।

आप सच्चे और पारदर्शी बन जाइए दुनिया आपको आसमान पर बैठा देगी।

गुरदीप सिंह

सच्चाई और पारदर्शिता की कार्य योजना बनाइए

आज से एक पन्ना लिखिए आप किस जगह पर पूरे सच का इस्तेमाल करेंगे और किन कामों में पारदर्शिता और बढ़ा देंगे.।

Chapter 4
Road map of success
ट्रैक्टर अमेरिका रास्ता है मंजिल नहीं सफलता का रोड मैप...

आप कल्पना कीजिए आप आदिकाल में रहते हैं। एक ऐसे गांव में रहते हैं जो पूरी तरह से जंगल से गिरा हुआ है। उसे गांव के लोग ना तो बाहर जाते हैं ना कोई बाहर से गांव में आता है। उसे गांव में मुकेश नाम का एक व्यक्ति रहता है। वह बचपन से बड़ा होता है सिर्फ गांव को ही देखा है। वह अपने मन में सोचता है एक दिन में इस गांव के बाहर जाऊंगा। और जैसे-जैसे बड़ा होता है यह बात वह लोगों को बताता है। सारे गांव के लोग उसका विरोध करते हैं। वह उसकी बात सहमत नहीं होते और बुरा भला कहते हैं मुकेश को। और सारे गांव के लोग मुकेश को डराते हैं बताते हैं कि पहले कोई भी गांव से बाहर नहीं गया है ना कोई गांव में व्यक्ति आया है। और यह बताते हैं कि जंगल में खतरनाक जानवर है जो हर इंसान को खा जाते हैं मार देते हैं। जंगल में बहुत सारे सांप हैं शेर हैं और बहुत सारी खतरनाक जानवर हैं जो इंसानों को मार कर खा जाते हैं।

जबकि आज तक उसे गांव से बाहर कोई गया ही नहीं है उसे जंगल से कोई गुजारा ही नहीं है तो आज समझ सकते हैं कि यह खतरा कैसा रहा होगा।

उसे गांव के अंदर एक 70 साल का बुजुर्ग रहता है। वह बुजुर्ग मुकेश की इस बात को सुनता है और मुकेश को अपने पास बुलाता है। और बहुत खुश होता है। वह बुजुर्ग लगभग 40 साल पहले अपनी जवानी में इस गांव से बाहर गया था। वह बुजुर्ग जब बाहर गया था लगभग 3 महीने तक जंगलों में भटकता हुआ एक शहर में पहुंचा था। उसे बुजुर्ग ने बड़ी-बड़ी इमारतें देखी। अच्छा कपड़ा और अच्छा खाना दिखा। हर चीज व्यवस्थित है। शहर के अंदर इस चीज को देखा। और मैं वापस आया उसको यात्रा करने में लगभग डेढ़ महीना वापस पहुंचाने में लगा। और मैं खुशी के साथ गांव पहुंच लोगों को बताने के लिए कि ऐसा शहर होता है।

लेकिन जैसे ही गांव में पहुंचता है, लोगों को बताता है। लोग उसे पर हंसना शुरू कर देते हैं। वह सब लोगों को बताने की कोशिश करता है पर कोई भी उसकी बात पर विश्वास नहीं करता की कोई ऐसा भी शहर हो सकता है। और उसे दिन के बाद वह बुजुर्ग चुप हो जाता है किसी से कोई बात नहीं करता। और वह शहर की बातें अपने मन में ही रख लेता है।

यह कहानी वह मुकेश को पूरी तरह से सुनता है।

अब मुकेश ने बुजुर्ग से कौन सा प्रश्न पूछा होगा।

आपने सही सोचा शहर जाने का रास्ता कौन सा है। अब हम मान लेते हैं की शहर का नाम मंजिल है और रास्ते का नाम सफलता है

अब आप सफल होना चाहते हैं अमीर होना चाहते हैं तो आपको इस कहानी से समझ जाना चाहिए आपको सफलता चाहिए और मंजिल चाहिए तो आपको वह बुजुर्ग खोजना है वह गुरु खोजना है जो शहर में जा चुका है।

अगर मुकेश सारे गांव वालों से रास्ता पूछता तो वही वही बता पाए जो गांव के रास्ते हैं। और बहुत सारे लोग यह गलती करते हैं वह अपने दोस्तों से रिश्तेदारों से रास्ता पूछते हैं। वह वही बताते हैं जो वह प्राप्त कर चुके हैं। जबकि आपको तो उनसे कई गुना ज्यादा प्राप्त करना है तो आप उनसे सलाह कैसे ले सकते हैं।

आप अपने पड़ोसियों से सलाह लेते हैं वह कौन सी सलाह देंगे। जो मैं है वही तो सलाह देंगे जो की अमीरी और सफलता की नहीं मिल सकती।

यानी आपकी सलाह किस लेते हैं इससे तय होता है आप सफल बनेंगे या असफल होंगे। आपके दोस्त कैसे हैं यह तय करेंगे कि आप सफल होंगे या सफल होंगे।

एक बहुत बड़े विचारक ने यह बात कही है कि आप अपने दोस्तों के औसत होते हैं।

इसका दूसरा उदाहरण नहीं तो आप अपने दोस्तों की आए जोड़कर अपनी आय भी जोड़ लीजिए। और दोस्तों की गिनती का भाग दे दीजिए तो आपकी आय निकल आएगी।

जैसे कि इस अध्याय का नाम सफलता का मार्ग है तो आपको सफलता में कौन-कौन से मोड आएंगे। कहां-कहां पर क्या होगा या पूरी तरह से पहले ही तय करना है। और इसको आप इस तरह से तय कर सकते हैं जो आपका लक्ष्य है वह शहर है जिसका नाम मंजिल है।

जिंदा होना सिर्फ इस बात से तय होता है कि आप संघर्ष कर रहे हैं।
आप संघर्ष नहीं कर रहे हैं तो आप मरने की ओर बढ़ रहे हैं
गुरदीपसिंह

अपने लक्ष्य वाले अध्याय में अपने लक्ष्य तय कर लिए होंगे।

कार्य योजना...

अब लक्ष्य को हर दिन के काम में तोड़ ले। बस आज का काम पूरा कर दे

और आप पाएंगे आप सफलता की और आगे बढ़ रहे हैं और आप एक सफल व्यक्ति अमीर व्यक्ति स्वस्थ व्यक्ति के रूप में आपका निर्माण हो रहा है।

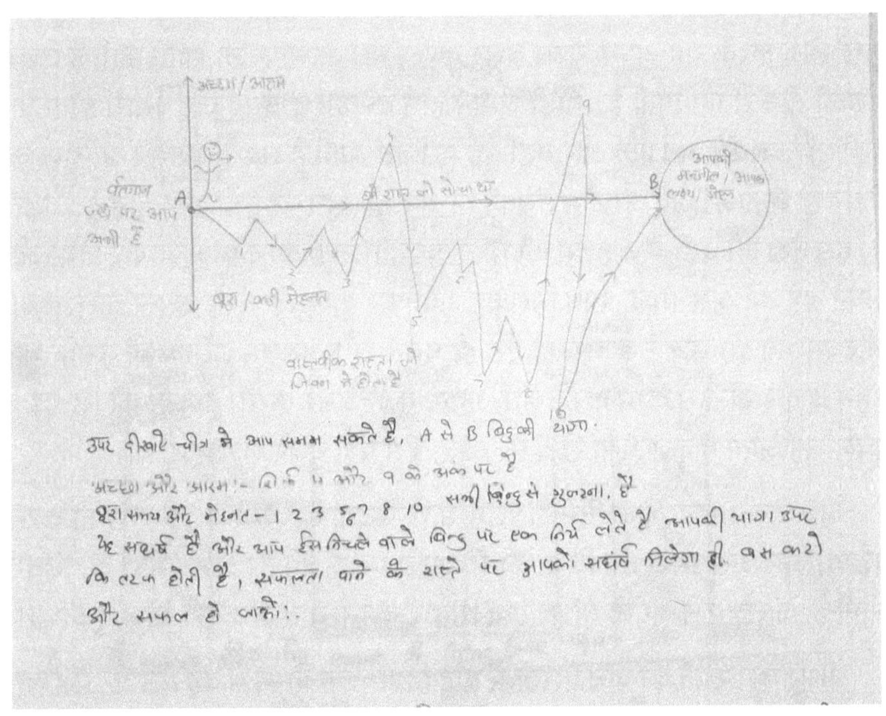

Chapter 5
Resource
संसाधन, स्रोत, गति, सहारा, आस, युक्ति बनाओ

अगर आप सच में अमीर बनना चाहते हैं, तो आपको स्रोत या संसाधन बनाने पड़ेंगे। यदि आपको इस बात का ध्यान ही नहीं है की स्रोत बनाने है। आपका मस्तिष्क ना तो इसको बनाएगा ना ही आपको इसको बनाने के लिए जगाएगा। आपकी अमीरी सिर्फ इस बात से तय होती है कि आपने कितने सोर्स या संसाधन बनाये है। जो आपको समय-समय पर पैसा या धन देते हैं। आई अब इस कहानी से विस्तार से समझते हैं।

एक किसान जिसका नाम अल्ताफ था। उसके पास थोड़ी सी भूमि थी इस भूमि पर कुछ खेती करके यह अपना गुजर बसर करता था। अल्ताफ की शादी होती है उससे उसकी तीन संतान होती है। थोड़ी जमीन होने के कारण बस गुजर बसारी होता था। बड़ी मुश्किल से। अब एक और बड़ी नई मुसीबत आती है जब है असमय अल्ताफ का निधन हो जाता है। अब असलम उसकी मां और दो बहने पर दुखों का पहाड़ टूट पड़ता है। इस दुख की घड़ी में असलम की मां ने कपड़े सिलाई का काम शुरू कर दिया और अपने बड़े बेटे असलम के साथ मिलकर अपने घर का गुजर बसर करना चालू किया। और लगभग 10 साल तक घर को ऐसे ही चलते रहे। असलम उसकी मां उसके भाई बहन जाकर खेती में काम करते और अपना गुजर बसर करते। कपड़ों की सिलाई से कुछ पैसा आता है कुछ पैसा खेती पर आता बस यही गुजरे का सहारा था।

एक दिन असलम एक दिन असलम सोच जिंदगी ऐसे कैसे चलेगी कुछ तो करना पड़ेगा। और असलम ने तय किया की मैं अपनी गरीबी को दूर कर अमीरों की जिंदगी जीनी है। असलम ने अपनी मां के साथ सिलाई करनी व खेती करनी सीख चुका था।

असलम ने खेती को पांच हिस्सों में बांट दिया। एक हिस्से में वह मेड पर पेड़ लगा दिए। एक हिस्से में सब्जी लगाई। कुछ हिस्से में जानवरों के लिए चार लगाया और

जानवर पालने शुरू कर दिए। एक हिस्से में खाने के लिए अनाज उगना शुरू कर दिया। और बाकी बच्चे हिस्से में कैश क्रॉप जिससे पैसा ज्यादा आता है उ वह लगाया। और साथ ही सिलाई ज्यादा सीख कर अपने आप को मास्टर बनाने की प्रक्रिया शुरू कर दी।

1. पेड़ लगाना. असलम की दूरदर्शिता थी की 10 साल बाद जब यह पेड़ बड़े हो जाएंगे तो बहुत सारा धन देंगे इसी समय असलम ने 10 साल आगे का लक्ष्य तय किया और उसे पर काम शुरू कर दिया।

2. सब्जी लगाना. असलग ने कुछ हिस्से में सब्जी लगाकर उसको रोज बेचना और घर पर रोजमर्रा की जो ज़रूरतें थी उसे सब्जी से पूरे करने का लक्ष्य बना दिया। और उसने उस पर काम करना शुरू कर दिया। उसने यह काम, समय का लक्ष्य बनाया और उसे पर काम शुरू कर दिया।

3. जानवरों को चारा. असलम ने कुछ जमीन में चार लगाया और उसे अपने जानवरों को खिलाकर जो दूध पैदा होता है। उसे दूध को बेचना शुरू किया और उसे हर महीने पैसे कमाने का लक्ष्य बनाया। उसे पर काम शुरू कर दिया।

4. खाने के लिए अनाज उगाना. असलम का यह निर्णय की कुछ खेती में ऐसा अनाज उगाया जाए जिससे साल भर की हमारे घर की खान की जरूरत है पूरी हो सके। यह दिखाता है कि असलम ने ऐसा लक्ष्य बनाया जिससे उसके घर में कोई भूखा ना रहे या निश्चित हो सके। असलम की अद्त सोच से उसने निश्चित कर लिया कि अब हमारे घर में कोई भूखा नहीं रहेगा।

5. कुछ हिस्से में कैश खेती. कैश खेती का मतलब है जो ज्यादा पैसे देती है. असलम ने इसका अध्ययन किया कि कौन सी खेती से ज्यादा पैसे मिलते हैं उसने वह फसल उगाने का निर्णय लिया जैसे हमारे देश में कैश क्रॉप प्याज लहसुन गन्ना हल्दी अदरक और ऐसी बहुत सारी फैसले है।

बस फिर क्या था। असलम ने खेती में ऐसा बदलाव किया की जो दुख थे वह खुशियों में बदल गए। इसके साथ-साथ असलम ने सिलाई सीखने हुए अपने आप को

उसका मास्टर बना दिया। जब खाली समय मिलता उसे समय असलम अपनी मां के साथ कपड़ों की सिलाई करता और एक छोटी सी दुकान भी गांव में खोल दी।

अब असलम सिलाई में निपुण हो चुका था। और इस समय तक असलम अपने गांव का सबसे अमीर आदमी बन चुका था। फिर असलम तय करता है कि आप मुझे ज्यादा पैसे कमाने के लिए शहर जाना है। असलम शहर जाता है और एक दर्जी के यहां पर नौकरी करता है। 6 महीने नौकरी करने के बाद वह अपनी दुकान खोल लेता है। और वह दुकान में यह तय करता है कि मैं सबसे महंगे कपड़े सिलूंगा। और उसे दुकान से दूसरी दुकान फिर तीसरी दुकान आज असलम के पास लगभग 500 कारीगर काम करते हैं यह नागपुर की सच्ची कहानी है और असलम अब करोड़पति बन चुका है।

आज असलम अपनी खेती खुद करता है उसकी कंपनी में, अपने आप काम चलता रहता है और वह अपने गांव की उन्नति के लिए काम करता है। अपने गांव के लगभग 100 से ज्यादा लोगों को उसने रोजगार दिया है और उनके घर में भी खुशहाली लेकर आया है।

इस कहानी से आपको क्या सीखने को मिला असलम के घर पर सब कुछ था पर देखने वाली नजर की कमजोरी की वजह से वह दुखों का शिकार थे इसी तरह से हमारी जिंदगी में भी सारी कुछ होता है सिर्फ हम देख नहीं पाते इस वजह से हम दुखों का शिकार होते हैं गरीबों का शिकार होते हैं कम धन का शिकार होते हैं।

असलम की कहानी से यह समझ में आता है। जो आपके पास है उसी को इस्तेमाल करके आप अमीर हो सकते हैं जैसा असलम ने किया जैसे जो उसके पास था उसको सही तरीके से इस्तेमाल करके असलम आमिरी ओर बढ़ गया और इसमें असलम की मेहनत सबसे महत्वपूर्ण है।

आपके पास जो भी है उसको स्रोत बनाओ...

1. आपका फोन आपको पैसे कमा कर दे सकता है।

2. आपकी कार आपको पैसे कमा कर दे सकती है।

3. आपकी मोटरसाइकिल आपको पैसा कमा कर दे सकती है।

4. आपका खाली मकान आपको पैसे कमा कर दे सकता है।

5. आपकी जमीन आपको पैसे कमा कर दे सकती है जैसा असलम ने किया।

6. आपका प्लाट आपको पैसे कमा ̇ कर दे सकता है।

7. आपकी दुकान आपको पैसा कमा कर दे सकती है।

8. आपकी बौद्धिक संपत्ति आपको पैसा कमा कर दे सकती है।

9. आप अपना छोटा सा यूट्यूब चैनल बनाकर पैसे कमा सकते हैं।

10. आप ट्रैक्टर खरीद कर उसको 8 घंटे रोजाना चला कर करोड़पति बन सकते हैं।

11. आपका शरीर भी आपको पैसे कम कर दे सकता है।

यानी आपके पास जो कुछ भी है वह आपको पैसे कैसे कम कर दे सकता है इसके ऊपर आप अगर सोचेंगे तो आपको समझ में आ जाएगा जो भी आपके पास है वह आपको पैसा कमा कर दे सकता है। यानी आप उसको स्रोत बना सकते हैं, अपनी अपनी अमीरी का।

कार्य योजना

आपके पास जो भी है उसको विस्तार से लिख ले। अब आपके पास गिनती की जो भी चीज हैं। उसमें एक नंबर को लिखें और उसके नीचे लिखे इसको पैसे कमाने में कैसे इस्तेमाल कर सकते हैं। उदाहरण के लिए आपके पास फोन है तो मैं इससे पैसे कैसे कमा सकता हूं इसके उत्तर में उत्तर आएगा कि मैं यूट्यूब चैनल बनाकर पैसे कमा सकता हूं। मैं किसी दूसरे के लिए काम पैदा करके पैसे कमा सकता हूं ऐसे बहुत सारे उत्तर आपका मस्तिष्क देगा।

इसे लगभग 1 दिन करें और पूरी तरह से अपने स्रोत को पहचानी और स्रोतों से पैसा कैसे आएगा इसके ऊपर आपका निर्णय ले।

Chapter 6
धन या रुपए की कीमत समझे।

धन हमेशा आपसे यह कहता है कि मैं आपके पास आऊंगा जरूर पर आपने मुझे सही जगह जाने का रास्ता नहीं दिया तो मैं कहां चला जाऊंगा आपको पता भी नहीं चलेगा।

प्रकृति का एक नियम है जिसको आप अच्छा समझते हैं और उसे पर ध्यान लगाते हैं वह चीज बढ़ जाती है। चाहे वह धन हों रिश्ते हों या जो भी चीज आप सोच सकते हैं। जिसको आप नापसंद करते हैं वह आपके पास कभी नहीं आएगा।

यह दुनिया सिर्फ उसी का साथ देती है जिसके पास धन है। अगर धन में किसी को छोड़ दिया तो सारी दुनिया उसे छोड़ देती है उसे भुला देती है।

तो आपने क्या तय किया धन को साथ रखना है। जब धन आपके साथ रहेगा दुनिया अपने आप आपके साथ आ जाएगी।

हमारे विचार ही हमारी वास्तविकता बनते हैं

इंग्लिश में कहें तो थॉट्स क्रिएट द रियलिटी।

आप सोचिए आप धन के लिए कैसा सोचते हैं पैसे के लिए कैसा सोचते हैं।

क्या आपने यह शब्द कभी सुने धन हमारे पास तो आता ही नहीं है। पैसा कमाना बहुत मुश्किल है, पैसा कमाना मेहनत का काम है

और नीचे दिए गए खतरनाक वाले वाक्य अपने सुने हैं क्या या आप बोलते हैं

1. पैसा पेड़ों पर नहीं उगता।

2. पैसा क्या है हाथों की मैल।

3. पैर उतनी ही प्रसारों जितनी चादर है।

4. अमीर आदमी बेईमान होते हैं।

5. बेईमान के पास पैसा ज्यादा होता है।

6. धन बहुत मेहनत से कमाना पड़ता है।

7. पढ़ लिख कर मेहनत करो और पैसा कमाओ।

8. ज्यादा धन आने पर लोग बिगड़ जाते हैं उनमें गलत आदते आ जाती हैं।

9. धन ऐशो आराम की चीज है। ।

10. रिश्ते धन से ज्यादा महत्वपूर्ण है

इसी तरह के हजारों वाक्य जो हमारे इधर-उधर घूम रहे हैं। जो धन को लेकर नकारात्मक वाक्य हैं यह वाक्य ही हमारी वास्तविकता बनते हैं और धन को हमारे पास आने से रोक देते हैं।

अगर आपने एक भी वाकया सुना है और आपको याद है तो। आप का मस्तिष्क इसको, अपने पास संभाल कर रख लेता है। क्योंकि यह आपके लिए महत्वपूर्ण है और आपको धन कमाने की तरफ कभी आपका मस्तिष्क लेकर ही नहीं जाएगा।

इसको हम शाब्दिक कंडीशनिंग कहते हैं जिस चीज के लिए हम कंडीशनिंग हो जाते हैं वह हमारा मन हमारे लिए पैदा कर देता है।

और यह वाक्य हमको हमारे समाज से हमारे माता-पिता से हमारे दोस्तों से सबसे सुनने को मिलते हैं और हम इसके हिसाब से कंडीशनिंग हो जाते हैं और हमारी पूरी जिंदगी बिना धन की दुखों के अंदर बिताने की ओर बढ़ जाती है।

क्या आपके पास धन की कमी है या आपके पास धन ज्यादा है। यह सिर्फ इस बात से तय होता है कि आपके मस्तिष्क में धान के लिए क्या है आपकी मानसिक शक्ति इस पर काम करती है जो आपके मस्तिष्क में होता है।

अगर आप एक-एक रुपए का हिसाब नहीं रखते हैं तो आप कभी अमीर नहीं हो सकते।

मारवाड़ीयो की एक कहावत है कि अगर पैसा कुएं में भी फेकना पड़े तो उसको गिन कर फेंकना है।

इस कहावत से आप समझ सकते हैं कि जब आपको पैसे का हिसाब रखोगे तभी आप पैसे में अमीर हो पाओगे। जब आप एक-एक रुपए का हिसाब रखना शुरू कर देंगे तो आपकी अमीरी यह पहला कदम है।

अपने सिखों को देखा होगा। अगर आपने उनके गुरुद्वारों के आसपास देखा हो तो कोई भी भिखारी नहीं होता यानी सिख कभी भीख मांगता हुआ आपको नहीं दिखाई देगा इसका मतलब यह है कि सिखों के पास इतना पैसा होता है कि उनको भीख मांगने की जरूरत नहीं पड़ती। ऐसा क्यों है।

अब आईए इसको समझते हैं...

इसमें सिखों के गुरुओं का बहुत ज्यादा योगदान है पहले गुरु श्री गुरु नानक देव जी, दूसरे गुरु श्री अंगद देव जी जिन्होंने पंजाबी की लिपि का निर्माण किया और तीसरे गुरु श्री अमर दास जी। जब गुरु गद्दी श्री अमर दास जी के पास आई तो उन्होंने दसवां हिस्सा निकालकर दान करने का एक विचार दिया. यह विचार के अंदर ही अमीरि का राज छुपा हुआ है।

श्री गुरु अमर दास जी ने जब सिखों को यह विचार दिया कि उनको अपनी कमाई का 10% हिस्सा निकालकर दान देना है। उन्होंने सिखों की अमीरी का रास्ता खोल दिया। अगर आप भी अपनी कमाई का 10% हिस्सा निकालकर किसी जगह पर दान दे देते हैं तब आपको अमीर बनने से कोई नहीं रोक सकता।

इसमें एक बहुत बड़ा राज छुपा हुआ है वह राज मैं आपको बताता हूं।

जब आप 10% का हिस्सा निकलना चाहोगे तो सबसे पहले आपको उसका हिसाब किताब रखना पड़ेगा एक-एक रुपए लिखना पड़ेगा। अपने महीने में कितने कमाए यह लिखना पड़ेगा। अपने खर्च कितना किया यह लिखना पड़ेगा और आपकी बचत कितनी हुई यह लिखना पड़ेगा, तो जब आप इसको पूरी तरह से लिखेंगे तो आप उसे धन की इज्जत कर रहे हैं उसको सम्मान दे रहे हैं तो धन आपके पास बढ़कर ही आएगा यह एक मस्तिष्क का नियम है।

10% का मतलब क्या है

10% का मतलब यह है मान को अपने 5 लाख की कमाई की और आपका खर्च 4 लाख हो गया आपकी बचत 1 लाख हुई। आपको एक लाख का 10% निकालना है यानी ₹10000 निकाल कर आपको दान कर देना है।

प्राकृतिक का एक नियम है कि आप जो भी प्राकृतिक को देते हैं। वह कई गुणा करके आपको लौटा देती है यह नियम इस पर भी काम करता है जब आप 10% अपना हिस्सा दान करते हैं तो आप प्रकृति को कुछ लौट रहे हैं। अब आप यह सोचिए की प्रकृति ने आपको ज्यादा दिया है या अपने प्रकृति को ...

उत्तर आएगा प्रकृति नहीं हमको ज्यादा ही दिया

किसी तरह जब प्रकृति को आप लौट आते हैं तो प्रकृति कई गुणा करके आपको देता है।

इसका उदाहरण समझते हैं

आपके पास एक आम का बीज है आपने उसको उपजाऊ भूमि में लगा दिया कुछ साल बाद उसे बहुत सारे आम आएंगे एक बीज से हज़ारों आम आ जाएंगे फिर हजारों से लाखों लाखों से करोड़ों बस एक बीज बोने की देर है प्रकृति आपको लौटना शुरू कर देती है यह नियम धन के लिए भी लागू होता है।

यह समय पर निर्भर करता है जितना लंबा समय सफलता उतनी बड़ी सफलता ...

गुरदीप सिंह

उदाहरण से समझते हैं ...

गेहूं का दाना 5 महीना में 10 20 या 30 तानों में बदल जाता है

एक आम का पेड़ लगाते हैं। तो उसको 5 साल में पहला आम आता है लेकिन वह अगले 100 सालों तक आपको आम देता रहता है। बड़ी सफलता के लिए बड़ा समय लगता है। आप उसको लगाने के लिए तैयार हो तो सफलता के लिए आपको कोई नहीं रोक सकता।

आईए कुछ और उदाहरण से समझते हैं।

एक मजदूर मजदूरी करके शाम को पैसे लेता है तो उसको 500 या 1000 रुपए मिलता है

यानी जिस दिन काम किया उसी दिन फल जा तो पैसा मिला।

अगर आपने पूरी जिंदगी लगा दी एक काम के ऊपर। यह सारी दुनिया आपको आसमान पर बैठा देगी और आपको आमिर कर देगी।

उदाहरण से समझते हैं

एक तारक माइकल फलैब ने ओलंपिक में 9 गोल्ड मेडल जीते और विश्व कीर्तिमान स्थापित कर दिया उस पत्रकार ने पूछा आपको बहुत अच्छा लग रहा होगा और यह आपके लिए बहुत आसान होगा ना ...

उसने उत्तर दिया लगातार पिछले 8 साल से रोजाना 8 घंटे बिना कुछ छुट्टी लिए तैराकी कर रहा हूं अगर आप 2 घंटे पानी में रहते हैं तो आपके हाथ पैर सिकुड़ जाते हैं यह आसान नहीं है लगातार मेहनत करने का फल है।

इसी तरह सचिन तेंदुलकर ने लगातार अपने गुरु के निर्देश में एक भी दिन प्रेक्टिस नहीं छोड़ी चाहे परिस्थिति कैसी भी हो चाहे सचिन को बुखार हो या कुछ और भी सुबह 4:00 बजे ग्राउंड पर प्रैक्टिस करता हुआ सचिन को कोई भी देख सकता था। इसीलिए आज क्रिकेट इतिहास में उनका नाम सुनहरी अक्षरों से लिखा गया है।

सिर्फ 3 महीने आप लगातार एक ही काम कर कर देखो आपकी जिंदगी बदल जाएगी

आप इसको मेरे उदाहरण से भी समझ सकते हैं दसवीं में तीसरी श्रेणी से पास होने वाला 12वीं में द्वितीय श्रेणी से पास होने वाला लगातार मेहनत करने पर बीटेक एग्रीकल्चर में प्रथम श्रेणी प्राप्त करने वाला लगातार मेहनत का नतीजा है और उसे मेहनत ने मुझे धनवान कर दिया। यह मात्र निरंतर एक ही लक्ष्य को लेकर काम करने का नतीजा है।

कार्य योजना

90 दिनों तक अपने ₹1 का हिसाब रखें

आप देखेंगे 90 दिनों के अंदर आप गलत खर्चों को करना बंद कर देंगे आपका ध्यान निवेश की तरफ बढ़ जाएगा और यह कदम आपकी जिंदगी बदल देगा...।

Chapter 7
Action Make the Difference
कर्म सफलता का रास्ता है

और यह प्रगटिकरण की क्रिया को समझते हैं। हमारे मन में एक विचार उठना है विचार भावनाओं में बदलते हैं और भावनाओं से हमारे कार्य पैदा होते हैं। और कार्यों से हमारे परिणाम प्राप्त होते हैं।

कर्म तय करता है हम कितने सफल होंगे। आज तक पृथ्वी पर कोई भी आदमी बिना कर्म किए सफल नहीं हो पाए।

लक्ष्य बनाकर लक्ष्य की ओर बढ़ने के लिए जो कर्म करने हैं। वह कर्म करते हुए आगे बढ़ना ही सफलता है।

एक कर्मवीर नाम का विद्यार्थी था वह हमेशा सोचता था। सफलता कैसे पानी है तो वह पढ़ाई करने में जुड़ जाता और लगातार पढ़ाई करता एक कक्षा से आगे बढ़ता अगली कक्षा में अगली कक्षा से फिर अगली कक्षा इस तरह करते-करते उसने डबल MA किया। फिर अगले अध्ययन की ओर बढ़ गया वह सारी उम्र पढ़ना ही रहा कुछ भी कर्म की ओर नहीं। जबकि नाम तो कर्मवीर लिखा हुआ है। यानी काम करने के बिना कुछ भी प्राप्त नहीं होगा जब भी हम कोई ज्ञान प्राप्त करते हैं उसे कर्म में परिवर्तित करते हैं तो ही परिणाम प्राप्त होता है।

फिर उसको एक गुरु मिला उसे गुरु ने उसे कम करने की सलाह दी और कर्मवीर ने अध्ययन का रास्ता छोड़ कम करने के साथ अध्ययन करने का सोचा। धीरे-धीरे वह एक कंपनी के सीईओ के पद तक पहुंचा और करोड़पति बन गया।

आप सोचिए भगवान गॉड वाहेगुरु ने आपको दो चीज क्या दी है ?

1. आपको पूर्ण बनाया है आपका शरीर स्वस्थ है हाथ दिए पर दिए आंखें दी और आपको पूर्णता दी।

2. आपको समय दिया जो सबसे महत्वपूर्ण दौलत है।

जब हम संपूर्ण दे और समय को मिलाकर सही दिशा में निवेश करते हैं। एक निश्चित लक्ष्य की ओर कर्म करते हैं यह एक सकारात्मक या नकारात्मक हो सकता है। उसी तरीके से हमको परिणाम प्राप्त होते हैं।

यदि हमारे शरीर को और समय को मिलाकर सकारात्मक के लिए सकारात्मक लक्ष्य के लिए कर्म करते हैं तो हमें सकारात्मक परिणाम प्राप्त होंगे।

कई बार हम बेहोशी में या बिना ज्ञान की इसको नकारात्मक दिशा में अनजाने ही प्रयोग करते हैं। हमें नकारात्मकता प्राप्त होती है। यानी नकारात्मक परिणाम प्राप्त होते हैं और यह सब अनजाने में होता है जबकि सकारात्मक परिणाम के लिए आपको प्रयास करना पड़ता है कम करना पड़ता है।

अब प्रश्न उठता है कर्म कितने के प्रकार के होते हैं?

कर्म मुख्यतः दो प्रकार के होते हैं।

1. वाणी से किया कर्म

2. शरीर या देह से किया गया कर्म

वाणी का कर्म

वाणी का कर्म तय करता है कि हमारे समाज में इज्जत कैसे होगी। हमें अच्छा या बुरा होना तय किया जाएगा।

अच्छी वाणी से आप पूरे समाज को जीत सकते हैं। बुरी वाणी से आप अपने सारे समाज को दुश्मन बन सकते हैं।

मुख्यतः हमारी वाणी ही हमारी सफलता या असफलता को तय करती है।

यदि आप नकारात्मक वाणी का प्रयोग करते हैं। आपको असफलता मिलना लगभग तय है। और आप बहुत सारे दुश्मनों का सामना करने को मजबूर हो जाते हैं।

अब आप कल्पना कीजिए आप एक गांव में रहते हैं। आपके पास 10 एकड़ भूमि है। और आप नया ट्रैक्टर खरीदने हैं। ट्रैक्टर खरीदने से पहले आपने यह सोचा

था। अपना काम करने के बाद दूसरों का काम करके ज्यादा पैसे कमा के अमीर बन जाऊंगा।

अब आप अपनी नकारात्मक वाणी का प्रयोग करते हैं। आप अपने मन में बेईमानी रखते हैं। आप दूसरे के खेतों में काम करते हैं पैसा मांगते समय आप नकारात्मक वाणी का प्रयोग करते हैं लोग एक बार आपसे काम करेंगे दूसरी बड़ी नहीं। और धीरे-धीरे आपके दुश्मन बढ़ते जाएंगे। इस बात का ध्यान नहीं रखेंगे कि आप बड़े नहीं बने, सफल नहीं हो और इस तरह से आप अपनी वाणी के सहारे अपने आप को असफल बनाने की ओर आगे बढ़ रहे हैं।

इसी समय दूसरी कल्पना करते हैं। आप अपनी वाणी का बहुत प्यार से और दूसरों को इज्जत से प्रयोग में लाते हैं। सभी लोगों का काम बड़ी ईमानदारी से अच्छा करते हैं दूसरों की समस्याओं को भी समझते हैं। उनकी समस्याएं को हल करने में भी आप उनके साथ देते हैं। अब क्या होगा ...

गांव में आपका नाम अच्छा होने की वजह से आपको ज्यादा से ज्यादा काम मिलेगा। आपकी इज्जत भी समझ में बढ़ती जाएगी और उसे क्षेत्र में आपका नाम ऐसा हो जाएगा। कि आपको काम की कमी ही नहीं रहेगी तो यह तय करेगा कि आप सफल होते हैं या असफल।

शरीर से कम

अब ऊपर वाली स्थिति की कल्पना दोबारा करते हैं आपने नया ट्रैक्टर लिया भावना से अच्छे नहीं है। आलसी हैं कर्म भी सही से नहीं करते हैं तो आपको इस दुनिया में कोई दूसरा आदमी गरीब नहीं करेगा। आप खुद ही गरीब हो जाएंगे क्योंकि आप वाणी से और करम से दोनों से कमजोर है।

अब इसके विपरीत कल्पना करें। आप वाणी के साथ-साथ कर्म में भी बहुत अच्छे हैं। जब भी आपको कोई बुलाता है आप रात को भी उठकर उसका कार्य करते हैं। आप हमेशा तत्पर रहते हैं और वाणी से आप लोगों को जीत लेते हैं। तो आपको अमीर और सफल होने से कोई नहीं रोक सकता।

अब आप वाणी से अच्छे हैं और शरीर से कर्म करने के लिए बहुत मेहनती हैं। जब आप कोई सा भी सपनादेखे यह आदत आपको अपने लक्ष्य तक पहुंचा देगी बस सपना देखना जरूरी है।

कर्म आपकी सफलता या असफलता में अहम भूमिका निभाता है

गुरदीप सिंह

गीता में लिखा है। कम करो फल की इच्छा मत करो।

वाणी व शरीर से सकारात्मक काम करते रहे। आप हर करम के साथ एक नया बीज रोपण करने हैं। जो फल जरूर देगा और फल आना निश्चित है फल की ओर ध्यान देकर कर्म को कमजोर मत करो। कर्म को ताकतवर बना फल आना तय है। सफलता का यही मार्ग है।

कार्य योजना

एक पन्ने पर इसकी कार्य योजना बनाएं। कि आप वाणी से दूसरों से कैसे बात करेंगे आपकी वाणी में कौन से मधुर शब्द होंगे जो दूसरों को जीत लेंगे।

दूसरे पन्ने पर अपने शरीर से कैसे कर्म करना चाहेंगे उन कर्मों को विस्तार से लिखे। आप आलसी हैं तो कैसे आप सशक्त होकर कर्म करेंगे इसको विस्तार से लिखें। अपनी रोजमर्रा की जिंदगी के अंदर उसको उपयोग में लाना शुरू करें। हर दिन देखें कि मैं आज कौन सी वाणी से सही कर्म किया है और शरीर से सही कर्म किया है इसका रोज ध्यान रखें।

Chapter 8
Attitude
नजरिया का महत्व

नजरिया आपका कैसा है यह तय कर देगा आपके पास धन कैसा है आपके रिश्ते कैसे हैं आपके स्वास्थ्य कैसा है। आपका नजरिया ही तय करता है आपको सकारात्मक मिलेगा या नकारात्मक। क्योंकि आपका नजरिया अगर सकारात्मक है तो आपको सकारात्मक मिलेगा यदि आपका नजरिया नकारात्मक है तो आपको नकारात्मक ही प्राप्त होगा।

सकारात्मक या नकारात्मक नजरिया का मतलब है आप आप जिस रंग का चश्मा पहनते हैं दुनिया आपको इस रंग की दिखाई देती है यानी जैसे आप खुद हैं आपकी दुनिया आपको वैसी ही दिखाई देगी। जैसा आपका नजरिया है दुनिया आपको वैसे ही दिखाई देगी।

इसको विस्तार से समझते हैं डेविड और गोलियत की कहानी से जो की बाइबल के अंदर है।

एक जगह पर पुरातन समय में एक राक्षस रहता था। जिसका नाम गोलियत था। गोलियत बहुत विशाल राक्षस था और हर दिन गांव वालों को मार देता उनका अनाज खा जाता उनका खाना खा जाता गांव वाली इससे बहुत ज्यादा दुखी थे।

एक दिन डेविड नाम का एक चरवाहा जो गांव में भिड़े चराया करता था वह अपने रिश्तेदार के घर उसे गांव में आता है। उसे गांव वाले बताते हैं की रात को बाहर मत निकलना यहां पर बहुत बड़ा राक्षस रहता है। डेविड अपने रिश्तेदारों से कहता है कि आप इसको मारते क्यों नहीं। गांव वाले और रिश्तेदार रहते हैं इतना बड़ा राक्षस है हम इसको कैसे मारे। डेविड कहता है मैं तो इसे अपनी गुलेल से ही मार डूंगा गांव वाले और रिश्तेदार उसके ऊपर हंसते हैं। लेकिन डेविड कहता है किया इतना बड़ा

है निशाना लगाना बहुत आसान है। इसीलिए इसको मर जा सकता है। और डेविड ने उसको अपनी गुलेल से ही मार दिया।

आप इस कहानी से समझ सकते हैं नजरिया का महत्व डेविड का नजरिया सकारात्मक था और वह देख पा रहा था कि यह इतना बड़ा है अगर मैं निशान लगाऊंगा तो कहीं ना कहीं तो लगेगा ही लेकिन गांव वाले उसके बड़े आकार से डर कर नकारात्मक नजरिए से उसे राक्षस को देखते और दुख में जाते थे

इसी तरह से हमारा नजरिया अगर सही है तो हम समस्या में भी समाधान खोज लेते हैं।

दूसरी कहानी से समझते हैं जो कि मैं ओशो की एक प्रवचन में सुनी थी और मुझे उसे कहानी ने बहुत प्रभावित किया।

एक सूफी संत राबिया जो कि मुसलमान होते हुए भी एक सूफी थी उसने सारे कपड़ों का त्याग कर दिया और इस पूरी धरती पर एक वही थी जिसने ऐसा किया है। एक दिन वह अपनी झोपड़ी से बाहर निकली और अपनी झोपड़ी से कुछ ही दूरी में जाकर कुछ ढूंढने लगी। वहां से गुजरते हुए लोग वहां पर आए उससे पूछा आप क्या खोज रहे हो। राबिया ने कहा मेरी कपड़े सिलने सुई गुम हो गई है। कुछ और लोग गुजरे वह भी आकर उसकी खोज करने लगे।

काफी समय हो जाने के बाद उन लोगों ने पूछा कि यहां तो मिल नहीं रही है यह खोई कहां पर थी।

तो राबिया जोर जोर से हंसने लगी। और कहने लगी वह तो मेरी झोपड़ी में ही खोई है। तो सभी ने प्रश्न पूछा कि आप यहां पर क्यों खोज रहे हो। तो उन्होंने उत्तर दिया कि यहां पर रोशनी है वहां पर अंधेरा है।

इसी तरह से हमारी सफलता हमारे अंदर हमारे नजरिए में होती है जबकि हम मेहनत करके बाहर उसको खोजने का प्रयास कर रहे हैं। यही तो बड़ा दुख का कारण है कि हम सही जगह पर सही चीज को नहीं खोज रहे हैं।

राबिया का नजरिया,:- सब खुशियां धन दौलत रिश्ते सब अच्छाईयां प्राप्त करने की शक्ति हमारे अंदर ही होती है और इंसान इसको बाहर खोजना है।

एक नजरिया जो दुख तय करता है

जब हम सोचते हैं कि मेरे पास कर धन, दौलत या कुछ भी आएगा तो मैं खुश हो जाऊंगा यह एक नकारात्मक नजरिया है इसके विपरीत मैं खुश हूं इसलिए मेरे पास कार आएगी धन आएगा दौलत आएगा और मेरे रिश्ते अच्छे होंगे।

यानी खुशी आपका निर्णय है आप अभी निर्णय लीजिए आप खुश हो जाइए बाकी सब आपके पीछे चलकर आ जाएगा।

यानी आपका नजरिया खुश रहने का हो गया।

अब से विस्तार से समझते हैं

आपका नजरिया समस्या के प्रति कैसा है यह तय करेगा आप सफल होंगे या असफल।

यानी आप समस्या से अगर हार जाते हैं तो आप हार का अनुभव करते हैं तो आप हार गए हैं।

दूसरा नजरिया यानी आपकी आप समस्या से हार गए हैं तो आप यह सीख गए हैं की समस्या को इस तरह से हल नहीं किया जाता। यानी कोई भी समस्या आए मैं जितना हूं या सीखता हूं का नजरिया अगर आप में है तो आपको इस दुनिया में सफल होने से कोई नहीं रोक सकता।

समस्या इस तरह से होती है अगर आपने समस्या को समस्या मान लिया तो वह समस्या आपकी मस्तिष्क में बड़ा रूप ले लेती है और आपके हारने को तैयार हो जाती है।

आपने समस्या को समस्या माना ही नहीं उसको सिर्फ हल करने के तरीके से अपने कार्य करना शुरू कर दिया तो हर समस्या एक समाधान का रूप ले लेती है।

जैसे ही आप समस्या से भागते हैं तो वह समस्या आपके पीछे बहुत बड़ी होकर आपका पीछा करना शुरू कर देती है। जैसे ही आप समस्या का सामना करना शुरू करते हैं और समस्या की ओर बढ़ने लगते हैं उसका स्वरूप छोटा होता जाता है।

इसको श्री कृष्णा और बलराम की कहानी से समझते हैं।

पुराने समय में श्री कृष्णा और बलराम एक यात्रा पर जा रहे थे। रास्ते में उनको रात पड़ जाती है। रात गुजारने के लिए वह जंगल में रुक जाते हैं। दोनों भाई तय करते हैं कि एक जाना सोएगा तो दूसरा जाग कर पहरा देगा ताकि कोई भी खतरा आए तो उसे बचा जा सके। सबसे पहले श्री कृष्ण जी सोने के लिए चले जाते हैं और बलराम वहां पर जाग कर पहरा देते हैं। जब बलराम जाग रहे थे तो एकदम से एक राक्षस आता है। बलराम के मन में एक भय उत्पन्न होता है राक्षक चला जाता है। वापस फिर आता है तो उसका रूप बड़ा होता है बलराम फिर थोड़ा भयभीत होता है। राक्षस फिर चला जाता है फिर वापस आता है और बड़ा रूप लेकर इसी तरह आधी रात तक उसका रूप बढ़ता रहता है।

अब श्री कृष्ण जी की बारी आती है श्री कृष्ण जी को बलराम जागते हैं। खुद सोने चले जाते हैं। फिर सुबह होती है तो बलराम श्री कृष्ण जी से कहते हैं रात में एक राक्षस आया था। मुझे थोड़ा भय लगा। श्री कृष्णा आप तो नहीं डरे। इस पर श्री कृष्ण कहते हैं उसको तो मैं इस पोटली में बांधकर अपनी जेब में डाल रखा है। वह बताते हैं जब रात को यह राक्षस आया तो मैं इसका सामना किया और इसको जैसे पकड़ने इसके पीछे भाग यह छोटा होता चला गया और छोटा होते ही मैंने इसको पकड़ लिया और अपनी जेब में इस पोटली में बांधकर डाल दिया है।

इस कहानी से हमको सीखने को मिलता है जैसे ही कोई समस्या आती है हम उसका सामना करें तो समस्या छोटी हो जाती है।

कार्य योजना अपना नजरिया कैसे बदलें

जब भी आपकी जिंदगी में कोई समस्या आती है तो उसकी मौके के रूप में देखें। समस्या को एक कॉपी पेंसिल लेकर विस्तार से लिखें और लिखे इसमें क्या सफलता छुपी हुई है उसे सफलता को खोजना है। उसे हल को खोजना है उसे समस्या में से इसी तरह अगर आप एक समस्या जो सबकी है। उसको हल कर देते हैं वही एक पल होता है जब अपने आप को आप करोड़पति बनने की और आगे बढ़ा देते हैं।

मैं जितना हूं या सीखता हूं यह लगातार बोलना शुरू कर दे हर समय अपने आप को बताएं कि मैं जितना हूं या सीखता हूं हार शब्द को अपने शब्दों को से मिटा दे।

यह आपके नजरिए को बदलने में बहुत मदद करेगा

Chapter 9
Accountability
जिम्मेवारी

अगर आप सफलता की रेल यात्रा कर रहे हैं, तो सबसे पहला स्टेशन जिम्मेवारी लेना है।

यानी जब आप सफल होंगे या असफल होंगे आप उसके लिए जिम्मेवार होंगे यह नजरिया आपको जिम्मेदार बना देगा और आपको सफलता के शिखर पर पहुंचा देगा।

आज इंसान कुछ अच्छा हो जाए तो मैंने किया है और बुरा हो जाए तो दूसरों पर तोहमत लगाना शुरू कर देता है। अपनी हार का ठीकरा दूसरों के सर पर फोड़ता है। यानी वह परिस्थितियों को जुम्मेवार ठहरता है कि यह नहीं था इसलिए मैं नहीं कर पाया ऐसा होता तो मैं कर पाता।

परिस्थितियों कुछ नहीं होती हम परिस्थितियों में कैसा सोचते हैं और किस तरह के निर्णय लेते हैं यह तय करता है कि हम अमीर होंगे या कुछ और...

आईऐ श्री रतन नवल टाटा की कहानी से इसको विस्तार से समझते हैं।

1945 में एक कंपनी शुरू होती है जिसेहम आज हम टाटा कंपनी के नाम से जानते हैं। आज टाटा का नेटवरथ इतना है जो कि पाकिस्तान की जीडीपी से भी ज्यादा है।

पहले टाटा कंपनी ट्रक बनती थी फिर एक दौर आया जब व्यक्तिगत कार का दौर आया।

माननीय श्री रतन टाटा ने टाटा इंडिका बनाकर लॉन्च की। इस कर से कंपनी को बहुत सारी उम्मीदें थी। लेकिन कर कंपनी अपनी गुणवत्ता को ज्यादा सुधार न होने के कारण नुकसान में जाना शुरू हो गई।

एक समय ऐसा आया इस कंपनी के सभी सलाहकारों ने कहा किया नुकसान दे रही है तो इसको बेच देना चाहिए।

1991 में श्री रतन नवल टाटा फोर्ड मालिक से मिलने गए ताकि वह अपनी कर की कंपनी को बेच पाए। परफोर्ड कंपनी वालों ने उनका अपमान किया और कहा जब आपको कर बनानी नहीं आती तो अपने कर क्यों बनाई और यह डील नहीं हो सकी।

रतन टाटा वापीस भारत आते हैं। एक टीम के साथ मीटिंग कर रतन टाटा यह जिम्मेवारी उठाते हैं कि हम इस कंपनी को सफल कर देंगे। और छोटे-छोटे सुधारो के बाद आज है कंपनी आसमान की ऊंचाइयों को छू रही है। और 2004 के अंदर यह सुधार इस आलम तक पहुंचा कि न्यूयॉर्क स्टॉक लिस्ट में यह कंपनी लिस्ट हो गई।

2007 के अंदर फोर्ड कंपनी को सबसे बड़ा 98000 करोड़ का नुकसान उठाना पड़ा और रतन टाटा जी ने जगुआर और लैंडरोवर कंपनी को खरीदा। और उसे समय फोर्ड कंपनी के मालिक नेकहा, आप यह कंपनी खरीद कर हम पर एहसान कर रहे हैं और रतन टाटा ने अपनी बेइज्जती का बदला इस तरीके से लिया इसको कहते हैं। जिम्मेवारी उठाकर बदला लेना। जब रतन टाटा जी ने इन कंपनियों को खरीदा तो सारी दुनिया ने कहा यह तो नुकसान का सौदा है घाटे में चल रही कंपनियों को खरीद कर घाटा ही उठाएंगे। शुरू में यह कंपनियां घाटे में ही थी। रतन टाटा जी और उनकी टीम लगातार इस पर काम करती रही और अपनी मेहनत के दम पर इस फैसले को सही साबित कर दिया और आज इस सभी कंपनियां लाभ कम कर टाटा कंपनी के ग्रुप को और बड़ा कर रही है।

जिम्मेवारी उठा लो अपनी जिंदगी बदल दो

– गुरदीपसिंह

यदि आप ट्रैक्टर खरीदने हैं 12 से 15 लख रुपए खर्च कर कर हर महीने ₹100000 कमाने का निर्णय ले और जो अपनी जिम्मेवारी उठा ले और अपनी जिंदगी को खुशियों से भर दें।

इस समझ के साथ यह काम करें यह जिम्मेवारी सिर्फ आपकी ही और आपकी ही जिम्मेदारी है।

श्री नवल रतन टाटा ने घाटे में चल रही कंपनियों को लाभ कमाने वाली कंपनी बना दिया। यह लगातार सुधार और अथक मेहनत का परिणाम है।

जीमेवरी उठाओ और अपना नाम आसमान पर लिख दो ...

अपने दशरथ मांझी की कहानी तो सुनी होगी। नहीं सुनी तो इसको जरूर पढ़ें।

बिहार के छोटे से गांव में एक दशरथ नाम का आदमी रहता था। दशरथ बहुत गरीब परिवार में पैदा हुआ था। अपनी जवानी तक पहुंचने वह सिर्फ गुजर बसर कर पा रहे थे फिर उसकी शादी होती है। कुछ समय बाद उनको खुशखबरी मिलती है कि वह पिता बनने वाली है। दशरथ अपनी पत्नी से बहुत ज्यादा प्यार करते थे। जहां दशरथ रहते थे वह प्राथमिक चिकित्सा उपलब्ध नहीं थी। और प्राथमिक चिकित्सा प्राप्त करने के लिए एक पहाड़ को घूम कर जाना पड़ता था जिसमे बहुत समय लगता था।

जब दशरथ की पत्नी की प्रसव का समय आया तो कुछ दिक्कत हो गई यह जरूरी हो गई। उन्हें अस्पताल में भर्ती करवाना है गांव में कोई साधन न था। दशरथ अपनी पत्नी को गोदी में उठाकर शहर की ओर चल दिए रास्ते में पहाड़ होने की वजह से घूम कर जाना पड़ा तो रास्ते में ही उसकी पत्नी और बच्चे ने उसके हाथों में दम तोड़ दिया। यह बड़ी दुखद घटना थी लेकिन दशरथ ने उसे दिन प्रण कर लिया कि वह उसे पहाड़ को काट देंगे जिसकी वजह से उसकी पत्नी उससे छिन गई है। वह अकेले ही रोज हथोड़ा और छेनी लेकर पहाड़ को काटने चल पड़े। गांव वाले उनको पागल होना सोचा की अकेला आदमी कहां रास्ता बन सकता है। लगातार कई दशकों तक काम करते रहे और आज एक बहुत बड़ी सड़क जो पहाड़ को काट के दशरथ मांझी ने बना दी। वह उसे प्यार का नतीजा और अपनी जिम्मेदारी उठाने का नतीजा कि मेरी पत्नी तो गई। पर दूसरे की पत्नी के साथ नहीं। आज उसे गांव से मात्र 20 मिनट में उसे अस्पताल तक पहुंचा जा सकता है जहां पर इलाज संभव है आज दशरथ मांझी का नाम आसमान पर लिखा हुआ है और मैं इस कहानी से बहुत प्रभावित यह कहानी मुझे अंदर छू जाती है और कुछ बदल देती है।

आपको तो पहाड़ नहीं काटना है बस अमीर ही तो बना है यह तो बहुत छोटा काम है।

असम में एक बार भारी बाढ़ आती है और वह बाढ़ में सभी पेड़ बह जाते हैं और एक छोटा सा बच्चा निर्णय लेता है। जिम्मेदारी उठना है कि मैं पेड़ लगाऊंगा वह अपने पिताजी के पास जाता है कि मैं पेड़ लगाऊंगा, पिताजी मना कर देते हैं वह अपने रिश्तेदारों के पास जाता है पेड़ लगाऊंगा, मना मिलती है। वह सरकारी या दफ्तर में जाता है मैं पेड़ लगाऊंगा कोई ध्यान नहीं देता। वह अकेला ही तय कर लेता है, और पेड़ लगाना शुरू करता है। 1360 एकड़ के अंदर वह विशाल जंगल लगा देता है उसका नाम यादव पोंइग है और भारत सरकार ने यादव पोंइग को पद्म श्री से सम्मानित किया है। जिम्मेवारी उठाना और आसमान में अपना नाम लिख देना आसान है।

आपको तो पैसा कमाना है 1360 एकड़ में जंगल थोड़ी लगाना है यह तो बहुत आसान है आप अपना निर्णय लीजिए जिम्मेवारी उठाइए और अमीर बन जाइए।

और सरकार की मदद से मुलाई फॉरेस्ट 2.0 लगना शुरू कर दिया है।

एक और वीरता की कहानी।

आप कुछ भी करो कुछ बड़ा कर दो...

एक लड़की जो वॉलीबॉल के खिलाड़ी थी। वह एक ट्रेन में यात्रा कर रही थी। दिल्ली की ओर जा रही थी कुछ गुंडे इस गाड़ी में घुसते हैं और उसे सोने की चेन खींचने की कोशिश करते हैं। क्योंकि यह लड़की एक स्पोर्ट्समैन थी वह उन गुंडों का मुकाबला करती है। पर वह अकेली लड़की उसको गुंडे उठकर ट्रेन के नीचे फेंक देते।

वह लड़की दूसरी पटरी पर गिरती है और दूसरी ओर से आ रही ट्रेन उसके पैर को काट कर चली जाती है। वह लड़की सारी रात वहां पर पड़ी रहती है सारी रात वहां पर ट्रेनिंग गुजराती रहती हैं। वहां पर चूहे रात भर उसके मांस को नाचते रहते हैं। अगली सुबह कुछ किसान वहां पर आते हैं वह देखते हैं यह लड़की जिंदा है उसको उठाकर स्थानीय अस्पताल में भर्ती कराया जाता है। डॉक्टरों के पास संसाधनों की कमी थी। वहां पर खून नहीं बेहोश करने वाली दवाई भी नहीं थी। डॉक्टर ने अपना खून देकर इसको जिंदा किया लड़की को बताया गया कि हमारे पास बेहोश करने की दवाई नहीं है आपका पैर काटना पड़ेगा तो उसे लड़की की वीरता देखिए उसने कहा मुझे भगवान ने कुछ बड़ा करने के लिए जिंदा रखा है आप बिना बेहोश किया ही मेरी

पर काट दे। और डॉक्टरों ने उसका पैर काट दिया। यह अद्त वीरता की निशानी है। अद्त सहनशीलता के निशानी है।

यह लड़की थोड़े दिन में ठीक होती है। सारी दुनिया यह समझता है कि इसकी जिंदगी तो खत्म हो गई है कौन करेगा इससे शादी कैसी होगी इसकी जिंदगी मां-बाप भी दुखी सब रिश्तेदार भी दुखी।

लेकिन इस लड़की के मन में कुछ और ही था। इस ने निर्णय कर लिया था कि यह विकलांग महिला पहले भारतीय महिला बनेगी। जिसने एवरेस्ट फतह किया।

इस लड़की का नाम अरुणिमा सिन्हा है अरुणिमा सिन्हा आज भी जिंदा है और वीरता की निशानी है

कहानी यहा से शुरू होती है

एक लड़की जिसका पैर कट चुका है कोई दूसरा इसकी जगह पर होता है हालात से समझौता करके अपनी जिंदगी अंधेरे में काट देता और धीरे-धीरे मरते मरते रोज मरते मरते मर जाता लेकिन इस लड़की को वैसे जीना मंजूर नहीं था। वह सीधा अस्पताल से निकलकर बछेंद्री पाल मैडम के पास पहुंच गई।

जब यह लड़की बछेंद्री पाल मैडम के पास पहुंची तो इसके एक पैर में से खून निकल रहा था जहां पर नकली पैर लगा हुआ था।

जब बछेंद्री पाल मैडम को इसने बताया कि मैं एवरेस्ट फतह करना चाहती हूं।

बछेंद्री पाल मैडम ने कहा कि तुमने एवरेस्ट फतह कर लिया है अभी इतिहास लिखना बाकी है !

और अरुणिमा सिन्हा अपने एक्सीडेंट के लगभग 2 साल के अंदर एवरेस्ट फतहे कर चुकी थी। आज सारी विश्व की चोटियां फतेह कर चुकी है

अपनी जिंदगी की सफलता के जिम्मेदार हम खुद होते हैं अरुणिमा सिन्हा से सीख लीजिए

जिसने भारत का झंडा एवरेस्ट पर फहरा दिया इतना ही नहीं विश्व की सारी चोटियों पर भारत का झंडा फहराचु चुकी है।

आदमी तन से कमजोर नहीं होता आदमी मन से कमजोर होता है अगर मन से ताकतवर है तो वह कुछ भी प्राप्त कर सकता है।

मेरा सर उस लड़की की वीरता और साहस के सामने झुक जाता है और मन से एक ही चीज निकलती है भगवान तो आपको हमेशा ही ऊंचाइयों पर पहुंचते रहे और आप हमेशा खुश रहे।

भगवान ऐसी साहस और वीरता सबको दे

"बस आप निर्णय लो और पूरे दिल से कर्म करो"

आप उसको पाने के लिए इतनी मेहनत करो कि दुनिया आपको पागल कहना शुरू कर दे

तब समझ जाओ आप सही रास्ते पर हो और आपका उसको पाना चाहते हैं

गुरदीपसिंह

कार्य योजना

एक पन्ने पर लिखें कि आप किन-किन कामों की जिम्मेदारी उठाते हैं

उसे पर लिखा मैं अपना अमीर बनने के लिए जिम्मेदारी उठता हूं। मैं स्वस्थ रहने की जिम्मेदारी उठता हूं। मैं सब के साथ अच्छे रिश्ते बनाने की जिम्मेदारी उठता हूं। मैं सबको प्रेम करने की जिम्मेदारी उठता हूं। मैं सब के साथ निर्मल भाव से बात करने की जिम्मेदारी उठता हूं। मैं सबको प्यार करने की जिम्मेदारी उठता हूं। मैं प्रकृति से प्यार करने की जिम्मेदारी उठता हूं। मैं इस ब्रह्मांड का धन्यवाद करने की जिम्मेदारी उठता हूं। मैं सदा खुश रहने की जिम्मेदारी उठता हूं। इस तरह से जो भी आप लिख सकते हैं उसे बनने के ऊपर लिखे विस्तार के साथ और जिम्मेदारी उठा ले...|

Chapter 10
Account
खाता

मरवादियों का एक नियम है। इसको कहावत की तरह भी कहते हैं अगर कुएं में भी पैसा फेंकना पड़े तो गिन कर फेंको।

आज हमारे देश में किस का सबसे बड़ा दुर्भाग्य है कि वह हिसाब किताब नहीं रखता। ना ही इसकी ताकत को समझता है। आपने बहुत बार सुना होगा किसानों के मुंह से की मेरा सारा हिसाब किताब मेरे दिमाग में रहता है। मुझे लिखने की क्या जरूरत है। तो आप समझ लेना उसे व्यक्ति के पास ज्यादा धन नहीं है। या तो वह बहुत ज्यादा मुश्किल से अपना गुजर बसर कर रहा है या उसके लिए संघर्ष कर रहा है।

इस ब्रह्मांड का बांधा बंधाया नियम है जहां आपका ध्यान जाएगा यानी फोकस होगा ब्रह्मांड उसे कई गुना कर देगा। जब आप अपना अकाउंट यानी हर रुपए का हिसाब रखते हैं तो आपका ध्यान पैसों पर गया और पैसा बढ़ाना शुरू हो जाएगा। जब आप हिसाब नहीं रखते हैं तो ब्रह्मांड को ऐसी तरंगे जाती हैं जो अभी आपके पास है आप उसके साथ हिसाब नहीं रख पाते हैं तो आपको ज्यादा दिया जाए तो आप उसका भी हिसाब नहीं रख पाएंगे। इसलिए ब्रह्मांड आपको कम धन देता है और आप हमेशा संघर्ष करते रहते हैं।

अगर आप हर रुपए का हिसाब रखते हैं आपको यह भी ध्यान रहता है कि मैं कितना पैसा कमाया कितना खर्च किया और कितनी मेरी बचत हुई पूरे साल के अंदर तो आपको ब्रह्मांड ज्यादा धन देने के लिए आशीर्वाद देता है।

अब मैं आपसे एक प्रश्न पूछता हूं।

अपने पिछले साल कितना धन कमाया कितना खर्च किया कितना बचत किया?

अगर आप अगले 1 मिनट में इसका सही-सही उत्तर नहीं दे पाए तो आपके पास सिर्फ गुजरे लायक ही पैसे हैं। आपके पास ज्यादा धन हो ही नहीं सकता। आप सफल और अमीर नहीं हो सकते।

अगर आपका उत्तर आता है कि मैं पिछले साल 57637 कमाई और मेरा खर्च ₹35073 रुपए हुआ तो आप अमीर आदमी हैं या आप बहुत जल्दी अमीर होने वाले हैं।

कार्ययोजना

आपको एक खता बुक लेकर पूरे साल अपना खाता बनाना है जिसमें एक-एक रुपए का हिसाब लिखना है और यह रोजाना करना है खर्च कितना किया कमाई कितनी आई इसका एक ₹1 का हिसाब आपको लगाना है

Chapter 11
Association
संगठन की शक्ति

संगठन कुछ लोगों का समूह होता है। जो एक ही लक्ष्य को लेकर काम करते हैं।

इंसान एक सामाजिक प्राणी है। हम सब लोग एक दूसरे के साथ मिलकर रहने में सुरक्षित महसूस करते हैं। हम हर समय एक समूह में रहते हैं पहले संयुक्त परिवार होते थे जैसे-जैसे संयुक्त परिवार टूट रहे हैं हम सारे लोग दुखों की ओर बढ़ रहे हैं।

मैं आपसे प्रश्न पूछता हूं।

आप कल्पना कीजिए कि आप एक रात सोए और सुबह उठते हैं पूरे धरती पर सब लोग गायब हो चुके हैं आप सिर्फ अकेले हैं आप बाहर जाकर देखते हैं तो आप कैसा महसूस करेंगे।

इसको विस्तार से एक पन्ने में लिख ले।

आपको समूह की ताकत परिवार की ताकत। लोगों के साथ मिलकर रहने की ताकत समझ आ जाएगी। हमारा अस्तित्व ही दूसरे के होने से है हम अकेले कुछ भी नहीं है।

आप सफल होना चाहते हैं धनवान होना चाहते हैं तो इस वजह से की दूसरों तुलनात्मक रूप से आप आगे बढ़ सके अगर यह तुलना ही खत्म हो गई तो सब कुछ खत्म।

अगर आप खुश और सफल होना चाहते हैं तो आपको मिलजुल कर रहना पड़ेगा। अगर आप यह नहीं करते हैं तो आपका सफल होना लगभग असंभव है।

एक उदाहरण से समझते हैं

1.5 करोड़ लोग पूरी दुनीया पर राज करते है ...

इजराइल का उदाहरण लेते हैं। सारे यहूदी मिलजुल कर रहते हैं और यह मात्र एक पॉइंट पांच करोड़ ही है। यहूदी पूरी दुनिया पर राज करते हैं। यहूदी बहुत ही बुद्धिमान होते हैं क्योंकि उनका संगठन बहुत मजबूत है। इसका मुकाबला कोई नहीं कर सकता। जैसे ही इजरायल युद्ध 2023 में शुरू हुआ सारी दुनिया से यहूदी अपने देश इजराइल आना शुरू हो गए और सारे यहूदियों ने मिलकर अपने देश को इतना मजबूत कर दिया कि वह किसी भी देश से लड़ने के लिए सक्षम है। इसे कहते हैं एक दूसरे का साथ देना बुद्धिमान व्यक्ति अपना देश और कौम का साथ देता है।

अगर आपको विस्तार से जानना है इसराइल के बारे में तो आप इसकी खोज करें तो आपको समझ में आएगा कि यहूदी क्यों मजबूत है यह मैं आप पर छोड़ता हूं।

अब कल्पना कीजिए एक गांव में 500 घर है और सब लोग एक दूसरे का साथ नहीं देते सब एक दूसरे के लिए दूषित भावना रखते हैं। एक दूसरे के प्रति चुगली की भावना रखते हैं। भाई-भाई जमीन के लिए लड़ते हैं। सब लोग गांव में अपनी राजनीति करते हैं। हर आदमी अपने को बड़ा समझता है। इस गांव में। आप समझ सकते हैं इस गांव का क्या हाल होगा और आज लगभग सभी गांव भारत की इसकी चपेट में है। हर घर में सफलता होगी, हर घर में गरीबी होगी हर घर में बीमारी होगी। क्योंकि यहां पर संगठन की शक्ति कमजोर है जिस संगठन की शक्ति के साथ अपने आप को आप सुरक्षित महसूस करते हैं। वह इस गांव में हो ही नहीं सकती। क्योंकि आप खुश और सफल तभी महसूस करते हैं जब संगठन की शक्ति आपके पास होती है।

अब कल्पना कीजिए ऊपर वाले उदाहरण के विपरीत गांव की सब लोग मिलजुल कर काम करते हैं। कोई भी समस्या आती है तो मिलजुल कर उसका हल निकाल लेते हैं। गांव में कोई भी मुसीबत आए तो सब मिलाकर खड़े हो जाते हैं और मुसीबत को अवसर में बदल देते हैं।

आप समझ सकते हैं कि यह गांव कैसा होगा।

मैंने एक ऐसा गांव देखा है। मैं जब एस्कॉर्ट कंपनी में काम करता था। मैं तेलंगाना राज्य का प्रभारी था। उसे राज्य में एक निजामाबाद जिला है और उसे जिले में एक गांव है जो लगभग निजामाबाद से 45 किलोमीटर दूरी पर स्थित है। और यह नेशनल हाईवे से मात्र 2 किलोमीटर दूरी पर स्थित है। और मैं इस गांव का नाम खोजना आप

पर छोड़ता हूं जब आप इसको खोजेंगे तो आपका मस्तिष्क एक अद्त प्रक्रिया करेगा जो आपकी सफलता के लिए होगी।

मैं जब भी इस गांव में गया तो मैं हर गांव से इसको अलग तरह का दिखा। यहां पर करोड़ों रुपए के घर है और घर के बाहर करोड़ों रुपए की गाड़ियां खड़ी हुई है।

इस गांव का एक नियम है यहां पर एक संगठन बना हुआ है जो यह तय करता है। कि कौन सी फसल उगाई जाएगी उसे कहां बेचा जाएगा और यह तय होने के बाद सारा गांव इस तरह का कार्य करता है। या मुख्यतः हल्दी मक्का और कुछ कैश क्रॉप और बोई जाती हैं।

पर यह तो सब जगह होता है इस गांव में इतनी अमीरी क्यों है क्योंकि यह संगठन मजबूत है।

यह गांव वाले अपनी सारी फसल को निकालकर इस संगठन को दे देते हैं। यह संगठन उसे फसल को वहां पर बेचता है जहा सबसे महंगी बिकती है। सिर्फ इतनी प्रक्रिया से ही यह गांव अमीर और समृद्ध है। एक व्यक्ति नहीं पूरा गांव समृद्ध है।

एक और उदाहरण से समझते हैं कि संगठन की शक्ति क्या होती है।

मैं जब एस्कॉर्ट में कार्य कर रहा था तो महबूबाबाद जिले के अंदर एक गांव है उसे गांव के लोग मिलकर ट्रैक्टर खरीदने हैं 10 या 15 एक साथ खरीदने हैं। तो यह संगठन हर डीलरशिप पर जाकर रेट कम करने की बात करता है। उसे समय जो हम ट्रैक्टर मार्केट में बचते थे उससे लगभग ₹100000 सस्ता ट्रैक्टर हमने उनको दिया हमने 15 ट्रैक्टर दिए आप सोचिए हर आदमी ने ₹100000 की बचत की यह संगठन की शक्ति है। ट्रैक्टर डीलर से ना लेकर हमने सीधे कंपनी से ही उनको ट्रैक्टर दिए यह संगठन की शक्ति है।

अब दूसरे उदाहरण से समझते हैं। आपके पूरे गांव की खेती को कार्य करने के लिए सिर्फ 10 ट्रैक्टर की आवश्यकता है लेकिन आपके यहां पर 12 ट्रैक्टर हैं। और फिर भी कोई नया ट्रैक्टर खरीदता है तो संगठन की कमी है।

हर आदमी अलग ट्रैक्टर खरीदना है उसके उपकरण खरीदना है और कार्य के लिए भटकता है और कार्य नहीं मिलता। इससे अमीर बनना सफल बनाना नामुमकिन है। क्योंकि संगठन की शक्ति में कमी है

अब आप कल्पना करें एक गांव में 10 ट्रैक्टर है 10 ट्रैक्टर वालों ने एक संगठन बनाया। संगठन बनाकर यह तय किया किस गांव के लिए कौन-कौन से यंत्र जरूरी हैं और कितने यंत्र जरूरी हैं। सबने मिलजुल कर खरीदें। सबने एक-एक यंत्र भी खरीदा तो 10 यंत्र हो गए और सभी ने अलग खरीदे तो पूरे गांव का काम आसानी से कार्य किया जा सकता है। धन की बचत भी हो गई और हर समय एक ट्रैक्टर को एक इंप्लीमेंट के साथ कार्य मिलना आसान हो गया इस तरह के गांव हमेशा अमीर होते हैं क्योंकि आपका संगठन मिलकर एक ऐसा रेट तय कर सकता है जो सबके लिए मान्य हो जो आपको भी कमाई दे और दूसरों को भी फायदा दे यह संगठन से संभव है।

और आपने यह देखा होगा यह संगठन की शक्ति हिंदी भाषी क्षेत्र में नहीं पाई जाती क्योंकि मैं पूरे भारत में काम किया है मैंने सिर्फ तेलंगाना आंध्र प्रदेश में ही यह संगठन की शक्ति को देखा।

यहां पर गांव का संगठन बहुत मजबूत है। अभी मैं कुछ ही दिनों में एक गांव में यात्रा की इस गांव की संगठन की शक्ति इतनी मजबूत है कि यहां पर कभी कोई पुलिस नहीं आती यह गांव अपना सारा अनाज खुद उगता है। सारी ज़रूरतें की चीज खुद ही उगा लेते हैं बाहर से बहुत कम जरूरत होती है। यह कपड़ा भी खुद ही बना लेते हैं इस गांव का कहना है कि हम सिर्फ नमक की बात से लेकर आते हैं बाकी सब हमारे पास ही उपलब्ध है। तो आप सोच सकते हैं इस गांव में कितनी शांति होगी कितनी सफलता होगी हर आदमी अपने आप को सफल मानता होगा। यह गांव महाराष्ट्र के गढ़चिरौली जिले के अंदर है।

अकेला चना पहाड़ नहीं फोड़ सकता।

और जैसे भाजपा के नारा सबका साथ सबका विकास अगर यह हमारी जिंदगी में आप अपना ले तो आपको सफल और अमीर होने से कोई दुनिया की ताकत नहीं रोक सकती।

कार्ययोजना

अगर आप किसी संगठन का हिस्सा नहीं है तो संगठन का हिस्सा बनिए या नए संगठन का निर्माण कीजिए अपने परिवार को संगठन की तरह समझ कर उनकी राय लें और उसे पर कार्य करें

Chapter 12
Character
चरित्र

Tractor with Character

आपका चरित्र तय करता है कि आप कितने सफल होंगे आपके पास कितना धन होगा आपके रिश्ते कैसे होंगे। आपके समझ में आपकी इज्जत कैसी होगी आपका रुतबा कैसा होगा।

मोटिवेशनल स्पीकर सोनू शर्मा कहते हैं आपकी कमाई आपके चरित्र से ज्यादा नहीं हो सकती। अगर आपके पास गलती से आ गया तो उसको लकी जंप कहते हैं जो वापस भी खत्म हो जाएगी।

चरित्र यानी औकात, औकात एक अच्छा शब्द है जबकि हमारे समाज में इसको हीन भावना से देखा जाता है और तेरी औकात क्या है पर गुस्सा हो जाते हैं लोग।

आपका चरित्र पारदर्शी होना चाहिए। अगर आप किसी के घर में जाते हैं लगभग 1 घंटे के अंदर किसी के घर की रसोई तक पहुंच जाते हैं तो आपका चरित्र महान है। यानी इस परिवार ने आपको अपने परिवार का हिस्सा मान लिया है। मां को अपने मां बना लिया बहन को बहन मान लिया पिताजी को पिताजी वाली इज्जत दी। बस यही तो चरित्र है। सोचो आप अगर ऐसे व्यक्ति बन गए तो आपको सफल होने से कौन रोक सकता है। यह सारे बहन भाई मिलकर ही आपको सफल कर देंगे। आपका नाम होगी शोहरत होगी होगी दौलत होगी।

अपने आप में सोचिए आप कैसे हैं ?आपका चरित्र कैसा है ?आप कपड़े कैसे पहनते हैं ?आप जूते कैसे पहनते हैं? आपके बाल कैसे हैं ? आप मन में लोगों के लिए क्या भावना रखते हैं? आप दूसरों के प्रति कितना संवेदनशील है। यह सारे गुण आपको चरित्र मजबूत करने की और बढ़ाएंगे।

क्योंकि जो सबसे ताकतवर चीज होती है उसके लिए शब्द कम होते हैं इसीलिए चरित्र को बताने के लिए मेरे पास कुछ शब्द कम है।

कार्य योजना

अपने चरित्र का निर्माण कार्य करें। सच्चे और पारदर्शी बने। मीठी वाणी वाले बने। कपड़े ऐसे पहने जैसे आप दूसरे के भाई हो पिता के बेटे हो। हर व्यक्ति आपको स्वीकार करें। वाणी ऐसी बोले हर व्यक्ति आपको स्वीकार करें।

चरित्र आपकी सफलता की इमारत की नींव ईंट है। हर ईंट को ध्यान से सोच समझ कर लगाए ताकि आपकी सफलता की इमारत मजबूत हो सके।

Chapter 13
Creativity
रचनात्मक

आपकी रचनात्मकता ही आपको महान सफल और अमीर बनाती है। रचनात्मक का मतलब है नई खोज करना कुछ नया बना देना कुछ ऐसी चीज का निर्माण कर देना जो आपको सफल और महान बना देती है। जब आप रचनात्मक होते हैं तब आप हमेशा खुश और सफल होते हैं।

इस धरती पर हर इंसान का मस्तिष्क का निर्माण कुछ इस तरीके से हुआ है कि वह समय कुछ नया सीखे और उससे कुछ रचनात्मक कार्य करें। अगर आप रचनात्मक नहीं है तो आप अपनी सारी शक्तियों का इस्तेमाल ही नहीं कर पाएंगे। जब आप सारी शक्तियों का इस्तेमाल ही नहीं कर पाएंगे तो आप सफल और खुश कैसे हो सकते हैं। आपकी रचनात्मकता ही तय करती है कि आप कितने खुश और सफल होंगे।

एक उदाहरण से समझते हैं।

एक छोटा बच्चा जिस समय में कुछ नया सीखना है वह अपने माता-पिता को दिखाता है माता-पिता को दिखाकर वह बहुत खुश होता है। क्योंकि उसने कुछ नया बनाया और समाज के अंदर कुछ इस तरह की व्यवस्था है कि हम बच्चों को पालतू बनाने के लिए कुछ समय तक तो प्रोत्साहित करते हैं फिर प्रोत्साहन काम होता जाता है। हमारी जिंदगी में रचनात्मक खत्म होती जाती है हर इंसान के साथ कुछ ऐसा होता है कुछ ही इंसान होते हैं जो इससे बचकर महान हो जाते हैं।

जैसे-जैसे हमारी रचनात्मक खत्म होती है। हम हीन भावना का शिकार होना शुरू हो जाते हैं। यही भावना ही हमारी असफलता दुखों का कारण बनती है। यही भावना बच्चों की रचनात्मक काम करती जाती है हम बड़े होते जाते हैं और यह हीन भावना हमारे अंदर एक रोग की तरह समाहित हो जाती है। और यह बच्चा बड़ा हो जाता है और यह बड़ा बच्चा कौन है मुझे आपको बताने की आवश्यकता नहीं है।

अगर यह बच्चा कोई नहीं है। वह अपनी जिंदगी में 100 किताबें लिख चुका होगा या हजारों चित्र बना चुका होगा हजारों गाने बना चुका होगा या अरबपति बन चुका होगा।

इसलिए डरने की जरूरत नहीं है कुछ रचनात्मक करिए।

रचनात्मक का मतलब है कुछ नया निर्माण करना। करिए ना कुछ नया निर्माण।

एक उदाहरण से समझते हैं।

यह कहानी मेरे दिल के बहुत नजदीक है। यह बात है 2002 की जब मैं मैसी फर्ग्यूसन ट्रैक्टर कंपनी में कार्य किया करता था मैं फील्ड ऑफिसर था। अप्रैल में जब गेहूं की कटाई होती है। उसे समय की बात है मैं मेरे नोहर डीलर के पास पहुंचा जो राजस्थान में डीलर का नाम दिनेश था। जैसा की मै फील्ड अफसर का काम तो फील्ड में किसानों से मिलना ही होता है तो दिनेश और मैंने तय किया की कल फील्ड में जाएंगे। अगले दिन हम दिनेश की मोटरसाइकिल पर बैठकर फील्ड को निकल जाते हैं। उसे समय पर ना तो फोन थे और ना ही पीने के पानी की बोतल होती थी। लगभग 20 किलोमीटर जाने के बाद मुझे पानी की प्यास लगी तो मैं दिनेश से कहा पानी पीना है प्यास लगी है। तो दिनेश ने मोटरसाइकिल एक खेत की पगडंडी पर मोड़ दिया। उसने कुछ दूर देखा एक पेड़ के नीचे एक वृद्ध व्यक्ति बैठा हुआ है। मोटरसाइकिल को रोक कर हम लगभग 100 मीटर पैदल चलकर उसे व्यक्ति के पास पहुंचे। वह व्यक्ति पेड़ के नीचे जमीन पर बैठा हुआ था उसके पास एक छोटी सी बच्ची खेल रही थी कपड़े फटे हुए थे। बुजुर्ग के भी कपड़े बहुत अच्छे नहीं थे। आप समझ सकते हैं किस तरह का परिवार होगा। हमने बुजुर्ग से पानी मांगा और पानी पिया। इतने में दिनेश ने पूछा बाबा आप क्या काम करते हैं। बाबा ने कहा कि हम दूसरों की गेहूं काटते हैं और उसी से अपना गुजर बसर करते हैं। दिनेश ने पूछा आपके पास भूमि नहीं है।

बाबा ने कहा दूसरी तरफ हाथ करते हुए जो यह ऊंचाई वाली भूमि है वह हमारी है इसमें पानी नहीं लगता इस वजह से हम कोई भी फसल नहीं उगा पाते। दिनेश ने पूछा कितनी भूमि है। बाबा ने कहा 25 बीघा। बस फिर क्या था दिनेश ने ट्रैक्टर बेचना शुरू कर दिया। दिनेश ने बाबा से कहा आप ट्रैक्टर क्यों नहीं लेते। इतने में उनका एक बड़ा बेटा भी पास में आकर बैठ गया और वह भी सुनने लगा। दिनेश ने कहा कि आप ट्रैक्टर खरीदिए और इस जमीन को ठीक कर लीजिए और अपनी खेती कीजिए।

और मैं मन में सोच रहा था कि यह तो एक गरीब किसान है ट्रैक्टर का किस्त कैसे भर पाएगा। यह बर्बाद हो जाएगा इसके बच्ची के पास पहनने के लिए कपड़े अच्छे नहीं है। बाबा के पास भी अच्छे कपड़े नहीं है और बड़े बेटे के पास भी बहुत अच्छे कपड़े नहीं थे। मैं मन में सोच रहा था कि यह ट्रैक्टर मत खरीदे क्योंकि मैं भी किसान का बेटा था मैं भी जब ट्रैक्टर खरीदा था तो हम उसकी किस्त नहीं भर पाए रहे था। लगभग तीन बारी, बैंक वाले हमर ट्रैक्टर उठा कर ले गए थे फिर हम पैसे का जुगाड़ करते वापस लेकर आते इसीलिए यह भावना मेरे में उमड़ रही थी।

इतने में उनका सारा परिवार इकट्ठा हो जाता है बाबा के तीन बेटे थे एक की शादी हो चुकी थी बड़े बेटे का नाम मोहन था। बाकी के नाम में भूल चुका हूं। दिनेश हर तरीके से उनको यह बताने में लग गया कि ट्रैक्टर खरीदना आपके लिए कितना लाभकारी हो सकता है। और दिनेश ने कहा कि ट्रैक्टर के साथ हम आपको ₹200000 नगद भी देंगे ताकि आप उसे पैसे का इस्तेमाल करके इस जमीन को ठीक कर पाओगे। यह बात तो उसे पूरे परिवार के मन को ऐसी लगी जैसे उनका स्वर्ग जाने का रास्ता मिल गया हो। तो वह सब उत्साहित हो गए और कहने लगे हम ट्रैक्टर खरीदेंगे। और मैं यह कोशिश कर रहा था वह ट्रैक्टर नहीं खरीदें।

कुछ समय के बाद दिनेश ने उनका पूरा पता दियाऔर बोला कल वहां पर आ जाना जमीन की यह वाले कागजात लेकर ताकि हम आपका लोन की एप्लीकेशन बैंक में लगा पाए। और हम अपनी फील्ड में जाने के लिए आगे की ओर बढ़ जाते हैं। हम पूरा दिन फील्ड करते हैं बहुत सारे लोगों से मिलते हैं और शाम को नोहर पहुंच जाते हैं। मैं वहां पर एक धर्मशाला में रुकता था।

अगले दिन सुबह मैं 9:00 बजे डीलरशिप पर पहुंच जाता हूं क्योंकि मैं टाइम का बहुत ज्यादा पाबंद हूं। मैं टाइम की बहुत ज्यादा इज्जत करता हूं समय मेरे लिए बहुत महत्वपूर्ण है। जब मैं डीलरशिप पर पहुंचता हूं तो मैं देखता हूं बाबा और मोहन डीलरशिप के बाहर बैठ कर इंतजार कर रहे हैं। मैंने बाबा को नमस्ते की मोहन से हाथ मिलाया और उनको चाय पिलाने के लिए एक छोटी सी ढाबे पर ले गया। उन्होंने मेरे से बहुत सारी बातें पूछी क्योंकि मैं कंपनी का फील्ड ऑफिसर था मेरा कार्य भी ट्रैक्टर बेचने का था मेरा मन भी रात में बदल चुका था। तो मैं भी दिनेश की भाषा में ही उनको सहमत करना शुरू कर दिया। लगभग 20 मिनट में दिनेश भी आ गया और

उसने पूरा कार्य करके। लगभग 5 दिनों में ट्रैक्टर दे दिया और उसके साथ लगभग 1 लाख 75000 भी उनको दे दिए।

पर मेरे मन में हमेशा यह रहा कि यह परिवार बर्बाद हो जाएगा जिनके पास पहनने के लिए कपड़े नहीं है खाने के लिए पर्याप्त मात्रा में अनाज नहीं है दूसरों के यहां पर काम करते हैं और अपना भरण पोषण करते हैं वह कैसे इस ट्रैक्टर का लोन वापस भर पाएंगे।

बड़े भारी मन के साथ में सारी प्रक्रिया को देख रहा था।

अब मेरा यहां से ट्रांसफर होता है और मैं जालौर जिले में चला जाता हूं और वहां से बीकानेर वहां से श्रीगंगानगर पदोन्नति होते-होते मेरा ट्रांसफर बिहार हो जाता है और मैं एरिया मैनेजर बन जाता हूं लगभग 6 साल के बाद मेरा वापस ट्रांसफर राजस्थान में होता है। वापस मुझे वहीं क्षेत्र मिल जाता है गंगानगर हनुमानगढ़ बीकानेर चूरू नागौर और जोधपुर वाला पूरा क्षेत्र मैसी फर्ग्यूसन में देखने को मिलता है। अब मैं 6 साल बाद वापस नोहर पहुंचता हूं एक बार। और दिनेश से मीटिंग होती है और मैं सीधा दिनेश से पूछता हूं उसे मोहन भाई का क्या हुआ। दिनेश ने मुझसे कहा कि आज आप विश्राम कर ले रात को खाने पर मिलते हैं। मैंने विश्राम किया और रात के खाने पर हम मिले और यह तय किया कि कल हम अलग फील्ड में जाएंगे ताकि हम किसानों से मिलकर कुछ किसान ट्रैक्टर लेने के लिए तैयार हैं, पर वह मेरी बात सुनकर जल्दी की ट्रैक्टर ले लेंगे।

खाने के बाद में होटल में विश्राम करने के लिए चला जाता हूं। अगले दिन सुबह दिनेश अपनी बोलोरो लेकर आ जाता है इस समय तक हमारे पास मोबाइल आ चुके थे मोटरसाइकिल, कार मे बदल चुकी थी यानी सब कुछ बदल चुका था। हम सुबह 10:00 बजे लगभग फील्ड में निकलते हैं दो-तीन किसानों से मिलकर मैं पूछता हूं दिनेश वह मोहन भाई के घर कब चलेंगे। तो दिनेश कहते हैं, एक पर बहुत बड़ा किसान है उससे मिल लेते हैं और फिर चलते हैं तो वह गाड़ी में बैठ कर मुझे एक बहुत बड़े घर में लेकर जाते हैं। उसे घर में घुसते ही हम गाड़ी से उतरते हैं और मैं देखता हूं कि बहुत दूर एक बोलेरो कैंपर में बहुत सारे डीजल के ड्रम रखे हुए हैं उसे डीजल के ड्रम में से एक लड़का डीजल निकाल कर एक पात्र में भर रहा है। मैंने उसको ध्यान से देखा तो वह

मोहन था। मोहन एकदम से हमारी तरफ दौड़ा और हामरे गले मिला। और दिनेश जोर जोर से हंसने लगा। मेरे को भी उसकी हंसी का अंदाजा हो गया था।

मोहन भाई हमारे को के बैठक में ले गया जो बहुत विशाल था। जिसमें बहुत सारी चारपाईया लगी हुई थी। हम वहां पर बैठ गए और मोहन चाय लेकर आया हमने चाय पी। मोहन ने हमको बताना शुरू किया इस समय मोहन के पास 18 ट्रैक्टर थे और वह बहुत बड़ा आदमी बन चुका था यानी उसका इस गांव के आसपास 10 गांव में सबसे अमीर आदमी वही था।

मोहन ने बताना शुरू किया कि जब हमने ट्रैक्टर लिया आते ही अगले दिन हम एक ट्रैक्टर के पीछे चलने वाला करहा लेकर आए जिससे हम अपनी जमीन ठीक करने लग गए। हमने दिन-रात जमीन ठीक करी और उसमें पानी लगाने का पूरी व्यवस्था कर दी जितने में ही कुछ लोगों ने हमसे संपर्क किया कि उनकी जमीन भी ठीक करनी थी। हमने दिन रात उनकी जमीन ने ठीक करनी शुरू कर दी दो भाई ट्रैक्टर चलाते एक भाई डीजल लेकर खाना लेकर पहुंचता खेतों में ही खाना खाते और काम करते रहे एक के बाद एक काम मिलना शुरू हो गया। फिर हमने एक नया ट्रैक्टर खरीदा जो 60 हॉर्स पावर का था 5911 एचएमटी का उसके साथ डोली करवा खरीदा बस उसका दिन है। और आज का दिन हम ट्रैक्टर खरीदते गए और हमको इतना काम मिला जिसका कोई हद नहीं है आज हमारे पास 18 ट्रैक्टर है 4 गाड़ियां हैं और दिन रात हम यही काम करते हैं सभी ट्रैक्टरों पर ड्राइवर है। अब हम सब भाई ड्राइविंग नहीं करते सब दूसरे ड्राइवर चलते हैं सब भाई मिलकर काम खोजते हैं। दूसरी जगह जाकर। जो ट्रैक्टर मैसी फर्ग्यूसन उन्होंने हमसे खरीदा था उसको एक बड़ी सुंदर जगह पर संभाल के रख रखा था। उन्होंने आज भी इस ट्रैक्टर को संभाल के रखा है क्योंकि इससे हमारी शुरुआत हुई थी। भाव विभोर हो गया मेरी आंखों में से आंसू आ गए।

और मैं मन में सोचा कि मैं कितना गलत था। मेरा डर तो स्वाभाविक था क्योंकि मैं उसमें से गुजरा था। कई बार हमारे डर ही हमको पीछे रख देते हैं।

तभी वहीं बैठे हुए मैं दिनेश से पूछा क्या आपने इनको ट्रैक्टर बेचते समय क्या सोचा था। मैं तो यह सोच रहा था कि यह बहुत गरीब है ट्रैक्टर नहीं ले तो अच्छा है।

दिनेश बहुत जोर से हंसने लगा और कहा मैं सब समझता हूं। लेकिन मैंने यह देखा कि इस घर के अंदर सिर्फ एक बच्ची ही खाने वाली है बाकी सब तो कमाने वाले हैं। तो इस घर में ट्रैक्टर बहुत जरूरी है यह ट्रैक्टर से अमीर बन सकते हैं।

और मोहन भाई ने बोला मैं भी इस बात को समझ चुका था। यह हमारे लिए एक बहुत अच्छा रास्ता है जिससे हम खाली अपना खाना तो आसानी से कमा सकते हैं और खेती में फसल करके हम ट्रैक्टर की किस्त में भर सकते हैं। जबकि हमने उससे कहीं ज्यादा प्राप्त किया है

सब हंसते हैं और गले मिलते हैं और मैं दिनेश को और मोहन को बहुत सारी दुआएं दी भगवान आपको सदा खुश रखे आप इसी तरह से आगे बढ़ते रहे हमारे देश का हर किसान मोहन जैसा हो और डीलर दिनेश जैसा हो तो हमारा देश सोने की चिड़िया बन जाएगा। यह दुआओं के साथ हमने वहां से अभिवादन करते हुए विदा ली।

तो पता चला दोस्तों यहां पर कौन सा आदमी रचनात्मक है कौन सा नहीं।

या मेरे अलावा सब रचनात्मक थे क्योंकि मैं हैं और डर की भावना से ग्रसित था।

यहां पर डीलर भाई दिनेश और मोहन दोनों रचनात्मक थे।

जय रचनात्मकहोने का ही उदाहरण है कि आज हम ट्रैक्टर चला पा रहे हैं। रचनात्मक से ही इंजन बना रचनात्मक से ही हवाई जहाज बने रचनात्मक सही मोबाइल बना रचनात्मक सही हमारा घर में इस्तेमाल होने वाले फ्रिज कूलर और जो भी हम इस्तेमाल करते हैं। वह रचनात्मक का ही उदाहरण है रचनात्मक हमारी ज़रूरतों को पूरा कर हमको आराम दे बना देती है।

कार्य योजना

आप रोज सोचिए कि आपने कुछ नया निर्माण करना है कुछ नया सीखना है वाणी के स्तर पर कर्म के स्तर पर सब जगह रचनात्मक बने। जितनी भी ट्रैक्टरों में सुधार हुए हैं वह काम किस ने राय दी तभी तो आज यह ट्रैक्टर बन पाए। हर आदमी रचनात्मक है।

एक कॉपी पेन लेकर लिखे आप अपनी खेती में क्या बदलाव करेंगे आप ट्रैक्टर का सही इस्तेमाल कैसे करेंगे ताकि यह रचनात्मक आपकी सफलता में बदल जाए...|

Chapter 14
Clam
शांत रहना सिखो

आपकी अमीरी और खुशी इस बात से तय होती है कि आप हर समय शांत रहते हैं।

मैं आपसे एक प्रश्न पूछता हूं।

आप सबसे ज्यादा किस से बात करते हैं?

आपका उत्तर होगा

1. मेरे दोस्तों से

2. मेरी पत्नी से

3. बेटे से

4. पिताजीसे

5. माताजीसे

6. गुरु से

जैसे हजारों और हो सकते हैं

पर यह सारे उत्तर गलत है।

इसका सही उत्तर है आप अपने आप से सबसे ज्यादा बात करते हैं।

अब आप सोचिए आप व्याकुल हैं शांत नहीं है। तो आप अपने आप से क्या बात करेंगे। आप सिर्फ वही बातें सोचेंगे वही विचार आपके आएंगे जो आपको ज्यादा व्याकुल करेंगे और अशांत करेंगे और अशांत होते होते अशांति की चरम सीमा पर पहुंच जाएंगे। और यह अशांति आपकी असफलता के लिए जिम्मेदार होती है।

जब आप पूर्ण रूप से शांत होते हैं। तो आप अपने आप से क्या बात करोगे। आप उसे समय रचनात्मक होंगे सकारात्मक होंगे और आपका मन में सिर्फ वही उसे विचार उठाएंगे जो आपको सफल करने के लिए, अमीर बनने के लिए और खुश रखने के लिए जिम्मेवार होते हैं।

आईए एक उदाहरण से समझते हैं।

आप अपने दोस्त के पास जाते हैं आप अपनी समस्या उसको बताते हैं पर वह दोस्त व्याकुल है तो वह आपको बुरा भला कहता है आपको कहता है कि आप नकारा हो। इरा वजह से आप हमेशा असफल हो रहे हो। वह व्याकुलता आप में भी परभावीत हो जाते है और आप उसके पास से उठकर चले जाते हैं। अब इसके बाद जब भी आप अपने दोस्त को याद करते हैं वह आपको व्याकुल कर देता है। यह लगभग हर दिन होना शुरू हो जाता है आप व्याकुल हुए तो आपको उसे दोस्त की याद आएगी। दोस्त की याद आई तो आप व्याकुल हुए होना शुरू हो जाएगा।

आप शांत नहीं थे तो अपने राई का पहाड़ बना दिया।

और यह शांति आपको सफलता की कोसों दूर कर देगी और आपने अपना नरक का निर्माण खुद ही कर लिया।

वह उसे समय उसे दोस्त के विचार थे आपके तो नहीं थे अपने बस उसको अंदर अपने मन में प्रवेश होने दिया इस वजह से ही आप आप हमेशा व्याकुल और असफल रहते हैं।

अगर आप उसे समय शांत होते और शांति से कहते हैं यार मैं स्वीकार करता हूं कि मैं नकारा हूं निकम्मा हूं। मेरे से यह गलती हुई और मैं इसका हल खोजूंगा और मैं आपका धन्यवाद करता हूं कि आपने मुझे यह शब्द कहे और इसको सकारात्मक तरीके से ले लेते तो यह कभी भी आपकी सफलता में रुकावट नहीं बनता।

आप समझ गए होंगे शांत रहने का रहस्य और ताकत क्या है

इसको हम ऐसे भी समझ सकते हैं कि हमारे समाज के अंदर हर आदमी अपना रिमोट कंट्रोल दूसरे को दे रखा है। यानी हमारा खुद पर नियंत्रण ही नहीं है। **तो यह रिमोट कंट्रोल हम कैसे वापस ले।**

अपना रिमोट कंट्रोल वापस ले

भगवान बुद्ध के पास अपना रिपोर्ट कंट्रोल था इस कहानी से समझते हैं

एक बार गौतम बुद्ध एक गांव में से गुजर रहे थे। उसे गांव में रुके पर वह गांव बहुत ज्यादा व्याकुल थे। सब वहां पर परेशान थे। तो सारे गांव वालों ने इकट्ठा होकर भगवान को गाली गलोज करना शुरू कर दिया बुरे शब्द कहने शुरू कर दिए। गौतम बुद्ध भगवान एक पेड़ के नीचे बैठे हुए थे उन्होंने कोई उनके प्रति उत्तर नहीं दिया। वह सारा दिन उनको बुरा भला कहते रहे। कि हम कमाते हैं और आप खाली आते हो और भीख मांग के हमारे से खाना खाते हो मेहनत क्यों नहीं करते इस तरह के बहुत सारे शब्द गांव वालों ने कहे।

शाम का समय हुआ गौतम बुद्ध ने अपने शिष्यों से कहा कि अगले गांव चलते हैं। जैसे ही वहां से निकले लगे तो वहां का एक बुजुर्ग गौतम बुद्ध के पास आया। कहा कि हमने आपको इतनी गालियां दी इतना बुरा भला का तो आप पर यह प्रभाव क्यों नहीं पड़ा आपने एक ही शब्द नहीं बोला क्यों।

तो गौतम बुद्ध भगवान ने उत्तर दिया कि मैं पिछले गांव में से जब निकला तो मैं खाना खा चुका था। उसे गांव में कुछ विशाल हृदय वाले लोग थे जो वापस खाना लेकर मेरे पास आए मेरा पेट भरा हुआ था तो मैं खाना खाने से मना कर दिया। गौतम बुद्ध ने उसे बुजुर्ग से यह प्रश्न पूछा।

कि अब उस खाने का उन लोगों ने क्या किया होगा।

उसे बुजुर्ग ने उत्तर दिया कि वह घर लेंगे होंगे अपने बच्चों को खिलाया होगा अपने रिश्तेदारों को खिलाया होगा।

गौतम बुद्ध भगवान ने उत्तर दिया इस तरह से जो आपने मुझे शब्द दिए हैं। जो आपने मुझे उपहार स्वरूप यह दिया है। यह मैंने नहीं लिया अब यह आप अपने परिवार को देंगे अपने समाज को देंगे अपने रिश्तेदारों को देंगे।

तो आप अभी कहानी से समझ सकते हैं कि जब आप लेते नहीं है तो उन्हीं के पास रह जाता है। अपना रिमोट कंट्रोल अपने हाथ में लेना ही उचित है। यही आपकी सफलता आपकी अमीरी आपकी खुशी तय करता है। अपना रिमोट कंट्रोल अपने हाथ में लीजिए।

सबसे पहले कहानी में जो दोस्त था जिसने बुरा भला कहा था। अगर आपने उसके शब्दों को लिया ही नहीं होता तो आप कभी अपनी जिंदगी में व्याकुल नहीं होते। आपने वह अपने मन में व्याकुलता का बीज बो दिया वह आपको हर समय परेशानी करेगा।

बस अपना रिमोट कंट्रोल वापस ले और शांत रहे यही सफलता का नियम है।

जब आप शांत होते हैं तो सही निर्णय लेते हैं यह सही निर्णय का योगफल आपकी जिंदगी है। अगर आपने शांत रहकर सही निर्णय नहीं लिए हैं तो आप व्याकुल होंगे अशांत होंगे। आज से लेकर आप सदा यह तय कर ले कि आप सदा शांत होकर निर्णय लेंगे जब आपको गुस्सा आएगा या व्याकुल होंगे आप निर्णय नहीं लेंगे।

मैं आपको यहां पर 5 मिनट का एक ज्ञान बता रहा हूं यह ध्यान करने से आप शांत होना शुरू हो जाएंगे और वह शांति में आप अपनी सफलता को बनाएंगे

आप एक शांत स्थान को खोज ले और उसे स्थान पर प्लाती मार कर बैठते हैं। रीड की हड्डी सीधी कर ले चेहरा थोड़ा सा ऊपर कर ले कंधे सीधे कर ले पहले 5 साल से गहरी लें और आंखें बंद करने अब सिर्फ अपनी सांसों के आने जाने को देखें और पूरा ध्यान नाक के छिद्रों पर रखें। यह ध्यान 5 मिनट से शुरू होकर 10 मिनट 10 मिनट से बढ़कर 1 घंटे तक करते रहे आपका मन शांत होना शुरू हो जाएगा। आप किसी भी परिस्थिति में शांत रहने के लिए अपने आप को तैयार कर लेंगे और रिमोट कंट्रोल प्राप्त करने का यह सबसे अच्छा ज्ञान है और सबसे आसान।

हमारी जिंदगी में जो आसान चीज होती हैं उसको करना बहुत मुश्किल होता है इसीलिए हमारी जिंदगी असफलता से भरी होती है।

आप देखिए यह 5 मिनट का ध्यान आपको सब कुछ दे सकता है लेकिन करेंगे कुछ ही लोग और मैं कहूं तो इसको कोई भी नहीं करेगा क्योंकि हमारा मस्तिष्क असफलता के लिए कंडीशनिंग हो चुका है। उसे कंडीशनिंग में यह ध्यान कैसे भारी पड़ सकता है इसके लिए प्रगाढ़ संकल्प की जरूरत है संकल्प करें और ध्यान करें।

कार्य योजना

हर दिन 5 मिनट का ध्यान करें जो ऊपर बताया गया है।

जब भी आप व्याकुल हो रहे हैं तो अपने आप से प्रश्न पूछे। मैं क्यों व्याकुल हो रहा हूं ?

निर्णय हमेशा शांत मन से लें।

अगर मन बहुत ज्यादा अशांत या गुसा तो तो पेट भर कर पानी पिए।

Chapter 15
Thought
विचार

किसी भी सफलता की शुरुआत विचार से होती है...

आपके मन में एक विचार पैदा होता है। विचार से भावनाएं पैदा होती हैं। भावनाएं आपको महसूस करवाती हैं। आपका शरीर वैसा ही कर्म करता है। और वैसे ही परिणाम प्राप्त होते हैं यानी एक विचार आपके परिणाम का कारक है।

एक प्रयोग करके देखिए। आप अपने विचारों की पहरेदारी करें सिर्फ एक दिन आपको कैसे विचार आते हैं सफलता के या दुख के डर के कुछ नुकसान होने के. आपको वही प्राप्त होगा जैसे आपके विचार हैं।

किसी के मन में विचार आया लाखों घरों में उजाला करना है। एक बिजली से जलने वाला बल्ब बनाना है तो वह व्यक्ति 999बार फेल हुआ और 1000 में प्रयास ने उसने बल्ब बना दिया।

थॉमस अल्वा एडिसन

किसी के मन में विचार आया की यात्रा आराम दे हो उन्होंने कार बना दी हवाई जहाज बना दिया पानी के जहाज बना दिए रेल यात्रा बना दिए और सभी एयर कंडीशनिंग लगा दिया।

किसी ने विचार किया एक पैर दूसरा नकली पैर से एवरेस्ट फतह करना है। उसने अपना नाम आसमान में सुनहरी अक्षरों से लिख दिया

पदम श्री विजेता अरुणिमा सिन्हा

किसी के मन में विचार आया पेड़ लगानी है उसने मुलाई फॉरेस्ट लगा दिया

जाधव पोंग

किसी के मन में विचार आया की कोई बीमारी से नहीं मरे। उसने पहाड़ को काटकर रास्ता बना दिया और अपना नाम आसमान में लिख दिया।

दशरथ मांझी

किसी के मन में विचार आया दोस्त एक दूसरे के साथ कैसे जुड़े रहे।

फेसबुक बना दिया।

किसी के मन में विचार आया सही रास्ता हर किसी को कैसे मोबाइल पर पता चले गूगल मैप बना दिया

हम आज जो भी चीज इस्तेमाल करते हैं वह किसी के मन में पहले विचार ही आया होगा।

यानी आपकी सफलता आपके विचार से शुरू होती है। और सफलता का मतलब है आप दूसरों के लिए कुछ ऐसा करते हैं जो दूसरों को आराम दे कर देता है।

अगर आप ऐसा सोचते हैं आप कर सकते हैं या नहीं कर सकते यह दोनों ही तरीके से सही होता है।

हेनरी फोर्ड

ऊपर लिखी गई लाइन मेरे दिल तक उतर जाती है कि हमारे विचार किस तरह से हमारी जिंदगी बना देते हैं। अगर हमने विचारों को सही दिशा दे दी तो यह निर्माण कर देते। गलत दिशा दी तो विध्वंस कर देते हैं।

हम कारण और परिणाम की दुनिया में जिंदा रहते हैं। कोई भी कारण होगा तभी तो परिणाम होगा और कारण हम पहले अध्याय में लक्ष्य के रूप में लिख चुके हैं। अपने कारण का निर्माण कीजिए और परिणाम अपने आप आ जाएगा यदि आपका कारण सुदृढ़ नहीं है कमजोर है आपका मस्तिष्क इस पर कार्य ही नहीं करेगा और वह भावनाएं शरीर में नहीं पहुंचेंगे और आपका शरीर कम नहीं करेगा तो आप असफलता को ही प्राप्त होंगे।

अगर मुख्य रूप से देखा जाए तो सबसे पहला कारण विचार है और आपकी जिंदगी उसका परिणाम है।

यानी आपके विचारों की वजह से आज आप असफल है दुखी है बीमार है या आपके पास पैसा कम है।

कार्य योजना

प्रथम चरण.

आपको यह तो विदित हो गया की आपकी जिंदगी जो आज है वह आपके विचारों का परिणाम है तो पहले अपने मन में यह पक्का कर लीजिए की जो मेरे विचार हैं उसी से मेरी जिंदगी बनती है आज मैं जो भी हूं उसे विचार की वजह से हूं अगर विचार बदल दूंगा तो मेरी जिंदगी में भी अद्त बदलाव आएगा और मैं सफल हो जाऊंगा

आपको आज कैसे विचार आते हैं इसको लिख ले.1 एक कॉपी पर हमेशा साथ रखें और विचारों को लिखें।

लगातार 10 दिनों तक यह काम करें अपनी हर एक विचार की निगरानी करें।

आप ध्यान रखें आपके सपने कैसे आते हैं बर्बादी के सपने आते हैं। कोई मर गया उसके सपने आते हैं या बहुत खुशहाल है। धन आपके पास बहुत सारा है आपके पास सब कुछ है कौन से विचार आते हैं आप दूसरों की मदद कर रहे हैं या अपने मन में दूसरों के लिए बुराई सोच रहे हैं। दूसरों ने आपको दुख दिया वह सोच रहे हैं किस समय आप सफल थे और खुश थे यह सोच रहे हैं इन पूरे विचारों की निगरानी करके 10 दिन तक उसे लिखें।

दूसरा चरण

इन विचारों को अलग करें निर्माण करने वाले विचार और विध्वंस करने वाले विचार इन विचारों को अलग करना शुरुआत होगी। कि आप में एक अद्त बदलाव होगा जो आपकी सफलता का कारण बनेगा कुछ सोच नहीं बस शुरुआत कर दे।

तीसरा चरण

अपने नकारात्मक विचारों को सकारात्मक विचारों में बदले। आप यह सोचेंगे यह कैसे हो सकता है हो सकता है विश्वास करें आप में भगवान की दी हुई सारी शक्तियां हैं जो यह कर सकती हैं और यह करना बहुत आसान है लिए इसे करके देखते हैं।

आपके मन में एक विचार आता है वह यह है...

मेरी असफलता का कारण मेरा दुखी बचपन है।

अब इस विचार के अंदर आपने अपनी असफलता का कारण अपने आप को न बनाकर अपने बचपन पर थोप दिया है। अब आपकी जिंदगी में कैसे बदलाव आ सकता है।

हमारा मस्तिष्क लेकिन के बाद वाले वाक्य को लेता है उससे पहले वाले वाक्य ताकत को खत्म कर देता है।

इस वाक्य को बदलकर देखते हैं।

लेकिन के पहले वाला वाक्य अपनी ताकत खत्म कर देता है और **लेकिन** के बाद वाला वाक्य ताकतवर हो जाता है

मेरा बचपन में दुख ही मेरी असफलता का कारण है लेकिन मैं अपनी जिंदगी का निर्माण खुद कर सकता हूं और आज से इसका निर्णय लेता हूं।

अब मस्तिष्क में आपका बचपन वाला वाक्य जो दुखी था उसकी पावर खत्म हो जाएगी लेकिन आज जो आपके पास शक्ति है ताकत है। आपका मस्तिष्क उसमें कार्य करना शुरू कर देगा और आप शक्तिमान महसूस करेंगे। इस वाक्य को बोल कर देखिए इस वाक्य को अपने अंदर डाल कर देखिए अपने अद्त शक्तियों का संचार होगा।

बहुत सारे वाक्य को बदलकर देखते हैं।

मेरे पास धन की कमी है **लेकिन** मैं धनवान होने की और बढ़ रहा हूं और जल्दी ही धनवान बनने वाला हूं।

मैं मेहनत करता हूं लेकिन लोग मेरी प्रशंसा नहीं करते **लेकिन** मैं किसी प्रशंसा का मोहताज नहीं हूं मैं बिना रुके अपनी मेहनत से आगे बढ़ रहा हूं और मैं उसे खुश हूं।

इसी तरह बाढ़ की तरह उठने वाले विचारों को जो नकारात्मक है उसे सकारात्मक में बदल दें।

चौथा चरण

अपनी सकारात्मक वाक्य की किताब लिखें।

शुरुआत 10 वाक्य से करें फिर 100 लिखे फिर हजार लिखे फिर 10000 लिखें लिखने जाएं।

उदाहरण के लिए कुछ वाक्य:-

1. मैं एक खुश इंसान हूं।

2. मैं एक सफल व्यक्ति हूं।

3. मैं बहुत मेहनती हूं कर्म में विश्वास रखता हूं।

4. मैं अमीर हूं और अमीर बनने की और बढ़ रहा हूं।

5. पैसा मेरा दोस्त है इसलिए लगातार मेरे पासआता है।

6. मैं एक स्वस्थ व्यक्ति हूं।

7. मुझे दूसरों की मदद करना अच्छा लगता है।

8. मैं हर रोज अपनी जिंदगी का निर्माण खुद करता हूं।

9. सभी लोग मेरे से प्रेम करते हैं मैं सभी से प्रेम करता हूं।

10. मैं सबको दुआएं देता हूं इसीलिए मैं खुश हूं।

11. मेरे मन में हमेशा अच्छे विचार आते हैं।

12. यह सारा ब्रह्मांड मेरा साथ देता है क्योंकि मैं इस ब्रह्मांड का प्रिय पुत्र हूं या पुत्री हूं।

13. मेरे साथ जो भी होता है वह अच्छा ही होता है।

14. मैं जितना हूं या सीखता हूं।

15. मैं सबका भला हूं यह मेरा प्रमुख विचार है।

16. प्रकृति मेरे को आशीर्वाद देती है।

17. मेरा लक्ष्य मुझे प्राप्त होना तय है।

18. मैं दूसरों की जिंदगी में सकारात्मक बदलाव करता हूं।

19. मैं निस्वार्थ भावना से सेवा करता हूं।

20. मेरी जिंदगी में जो कुछ भी है मैं उसका तारीफ और भगवान का धन्यवाद करता हूँ.।

21. मुझे जो यह जीवन प्राप्त हुआ है प्रेम से मैं प्रभु का धन्यवाद करता हूं।

इस तरह के हजारों वाक्य अपने बनानी है और उसे लिख लेना है।

पांचवा चरण. अंतिमचरण

इन वाक्यों को अंतर्मन की गहराइयों तक भेजना है और आप भेज दो और काम करना शुरू हो जाएगा।

इसको अंतर मन भेजने के लिए इस प्रक्रिया का इस्तेमाल करें

1. इन बातों को विस्तार से लिख ले

2. इन वाक्यों को रोज पढ़ें

3. खाली जगह ढूंढ ले जहां पर कोई आता जाता ना हो इन वाक्यों को जितना जोर से हो सके उतना जोर से बोले। अपने लक्ष्य को जरूर बोल।

4. अपने कानों में हैंड फ्री लगाकर कोई अच्छा सा संगीत चलाएं और इन बातों को जोर-जोर से पढ़े।

5. आप जो चाहते हैं जो वाक्य है उसकी कल्पना करें कि वह आपकी जिंदगी में आ चुका है। अब अपनी जिंदगी का अपने मानसिक पटल के ऊपर चित्रण करें आंखें बंद कर कर उसको देखें।

इन पांच चरणों को हर समय जब भी याद आए करते रहे धीरे-धीरे आपका मस्तिष्क सकारात्मक होता जाएगा आप सफलता की ओर बढ़ते जाएंगे।

Chapter 16
Through process
प्रक्रिया से गुजरे

आप जो बनना चाहते हैं जो पाना चाहते हैं। तो आपको एक प्रक्रिया से गुजरना पड़ेगा। आपने आज तक जो भी सफलता प्राप्त की है आप उसे प्रक्रिया में से गुजर कर आए हैं। प्रकृति का नियम है आप जिस की प्रक्रिया से गुजरते हैं वही बन जाते हैं।

अब आप के मन में प्रशन होगा क्या कोई भी व्यक्ति सफल और अमीर बन सकता है?

तो इसका उत्तर है हां बिल्कुल 100% यह हो सकता है पर उसकी प्रक्रिया से गुजरना पड़ेगा।

क्योंकि हम प्रकृति से पैदा हुए हैं और प्रकृति के बहुत नजदीक हैं और प्राकृतिक के नियम हम पर लागू होते हैं। तो आप नीचे दिए गए दिए गए उदाहरण से समझे की प्रक्रिया क्या होती है।

वृक्ष बनने की प्रक्रिया बीज लगाने से शुरू होती है बाकी सब प्रक्रिया प्रकृति में होती रहती है अगर प्रक्रिया सही नहीं हुई तो वह मृत्यु को प्राप्त होता है। यदि प्रक्रिया सही रहती है तो वह हजार साल तक भी जिंदा रह सकता है यानी यह निर्भर करता है प्रक्रिया के ऊपर। उसे सही समय पर जल सही समय पर उपजाऊ तत्व सही समय पर माइक्रोन्यूट्रिएंट्स सब मिले तो वह बहुत लंबे समय तक जिंदा रहता है यह वृक्ष की प्रक्रिया।

इसी तरह से यदि आपने सोने के गहने पहने हैं। आपको पहले सोने की खान में से सोने का अयस्क निकालना पड़ेगा फिर उसमें से हजारों टन मिट्टी दूर करनी पड़ेगी फिर सोना बनेगा, भट्टी में तप कर। फिर सोना और उसकी 17 ताव से गुजरेगा जब जाकर वह सोना गहने बनाने लायक होता है फिर सुनार की प्रक्रिया शुरू होती है।

वह उसको अलग-अलग रूप देता है। बहुत मेहनत के बाद वह गहना बनता है। अब आप समझ रहे होंगे प्रक्रिया कैसे होती है यदि प्रक्रिया सही नहीं तो सोना प्राप्त हो ही नहीं सकता इसी तरह सफलता की एक प्रक्रिया है। अमीरी कि एक प्रक्रिया है उससे आपको गुजरना होता है।

अब यदि आपको डॉक्टर बनना है तो आपको पहले नेट का एग्जाम क्लियर करना पड़ेगा फिर 4 साल तक लगातार मेहनत करने के बाद आप एमबीबीएस बनोगी। फिर आप एग्जाम देखकर मास्टर का सर्जन या मास्टर ऑफ़ मेडिसिन बनते हैं। तो यह प्रक्रिया है पूरी यदि आप इस प्रक्रिया से पूरी तरह से गुजर गए सफल रहे तो आप डॉक्टर बन जाएंगे।

इसी तरह अपने वकील बनना है तो यही प्रक्रिया है।

आपने एक प्रधानमंत्री बनना है उसकी प्रक्रिया है।

आप कुछ भी बनना चाहते हैं तो उसकी एक प्रक्रिया है तो आपको प्रक्रिया से गुजरना होगा अगर आप उसे प्रक्रिया से गुजरने का दर्द नहीं सहन कर सकते संघर्ष नहीं कर सकते... तो सफल होना भूल जाओ |

इसको एक कहानी से समझते हैं यह कहानी मैंने मोटिवेशनल स्पीकर के मुंह से सुनी थी और मेरे दिल में उतर गई।

एक बार की एक घटना है भगवान मूर्ति बनाने के लिए दो पत्थर का चुनाव किया गया। यह पत्थर दो के मूर्तिकार के पास ले गए। और मूर्तिकार ने पहले पत्थर पर छेनी हथौड़ी से वार किया। पत्थर बोला ए भाई मत मार बहुत दर्द होता है। मुझे ऐसे ही छोड़ दे मुझे छोड़ दे मैं यह दर्द सहन नहीं कर पा रहा हूं। कृपया करके मुझे छोड़ दे मूर्तिकार ने उसे छोड़ दिया। और एक साइड में रख दिया उसने दूसरे पत्थर को जाकर छेनी हथौड़ी से वार चालू किया और उसे पत्थर ने कुछ नहीं कहा वह उसे दर्द को पी गया और आहा तक नहीं की कुछ समय बाद इस पत्थर से बहुत सुंदर मूर्ति भगवान की बन जाती है। तो मंदिर के पुजारी वहां पर आते हैं और मूर्ति देखकर बहुत खुश होते हैं। कुछ लोग उसे मूर्ति को उठाकर एक बैलगाड़ी में रखते हैं। इतने में पुजारी पूछते हैं यह पत्थर यहां पर क्या कर रहा है। मूर्तिकार कहता है कुछ काम का नहीं है तो पुजारी कहते हैं मैं इसे उठाकर ले जाऊं और मूर्तिकार हां कर देता है।

अब मूर्ति की स्थापना मंदिर में हो जाती है। उसे पूजा जाता है फूलों की माला चढ़ाई जाती हैं। लाखों लोग उसे पर जाकर माथा टेकते हैं बहुत इज्जत सामान मिलता है।

इसी तरह से दूसरे पत्थर को मंदिर के सामने रख दिया जाता है जिस पर नारियल फोड़े जाते हैं। इस पत्थर को रोज नारियल की मार बर्दाश्त करनी पड़ती है बहुत दर्द होता है।

एक दिन जब सारे श्रद्धालु व पुजारी चले जाते हैं। मंदिर की मूर्ति और पत्थर बात करते हैं। बाहर वाला पत्थर कहता है मैं भी पत्थर तू भी पत्थर फिर तेरी पूजा होती है और मुझे लोग रोज नारियल से पीटते हैं ऐसा क्यों।

तो मूर्ति का जवाब सुनकर आप दंग रह जाएंगे। उसने कहा कि मैं वह दर्द सहे जब मेरे को मूर्ति में बदला जा रहा था मैंने वह संघर्ष किया है उसे दर्द को सहन किया। इसलिए मेरी पूजा होती है मैंने एक बार दर्द सहा है मूर्ति बनने तक। अगर तू भी उसे दर्द को सह लेता आज मेरी जगह पर होता।

तो दोस्तों यह जो प्रक्रिया से गुजरा है दर्द सहना है। संघर्ष करना है मेहनत करनी है। अगर आप इस दर्द को सह गए तो मूर्ति की तरह आपकी पूजा होगी। नहीं तो पत्थर की तरह सारी उम्र मार पड़ेगी।।

और दूसरे उदाहरण से समझते हैं।

यह मेरी पत्नी राज की कहानी है हमने एक सफल बुटीक खोलना का निर्णय लिया। जब वह अपने बचपन में थी तो बहुत गरीबी से बचपन गुजरा उनके पिताजी ऊंट गाड़ी पर गेहूं का भूसा, लोगों का अनाज ऊंट गाड़ी पर इधर से उधर कर पैसा कमाते थे। कुछ खेती थी उसे समय खेती भी बहुत कम होती थी। बस ऊंट गाड़ी के किराए से ही गुजर बसर होता था। उनके पिताजी ने कुछ पैसे इकट्ठा करके एक ट्रैक्टर खरीदा। ट्रैक्टर खरीदा 50% उधार लिया सोचा काम कर चुका देंगे। लगातार 2 साल अकाल पड़ गया। राज उसकी बड़ी बहन स्वर्ण को और दोनों ने यह निर्णय किया कि वह मां-बाप की मदद करेंगे और उन्होंने काम करने का निर्णय लिया। श्रीगंगानगर की कपड़ा मिल में एक छोटी सी उम्र में काम करना शुरू कर दिया। यह दोनों बहने सूरज निकलने से पहले फैक्ट्री में जाती थी और सूरज छिपने के बाद वापस आती थी।

इतनी अधक मेहनत के बाद उन्होंने अपना कर्ज चुका दिया यानी जो ट्रैक्टर के पैसे थे वह चुका दिए। इसके बाद मेरी शादी राज से होती है। मैं शादी में दहेज के बिलकुल खिलाफ था। मात्र ₹1 में मैं शादी की। और यह मेरी जिंदगी का सबसे अच्छा फैसला था। अच्छा निर्णय था उसे समय मेरी 4000 तनख्वाह थी और करते-करते मैं 3 लाख तक पहुंच गया।

कहां से लगभग 6 साल पहले राज ने सिलाई सीखनी शुरू की और दिन-रात मेहनत की और उसने एक बुटीक खोल। उसने अपने कस्टमर को संतुष्ट करना सीख उनको सही फिटिंग दी। उनकी इज्जत की और आज यह बुटीक करोड़ों रुपए कमाता है।

मैं एग्रीकल्चर इंजीनियर एक प्रक्रिया से गुजरा और मैं एस्कॉर्ट में आते-आते 23 साल में डीजीएम बन गया।

प्रक्रिया से गुजरा है लगातार जब तक आप सफल नहीं हो जाते। आज भी हम रोज नया सीखते हैं नई प्रक्रिया से रोज उसे गुजरते हैं।

आज मैं यूट्यूब पर वीडियो बनाता हूं और इस प्रक्रिया से पिछले 1 साल से गुजर रहा हूं और एक किताब लिख रहा हूं इससे पहले भी मैंने किताब लिखी है जो मेरी जिंदगी के अध्याय है। यानी मेरी जिंदगी में कब-कब बदलाव आया वह भी छप कुछ दिनों में आ जाएगी। यह सारा कुछ प्रक्रिया से गुजरने का ही तो नतीजा है।

कार्य योजना

आपने पहले अध्याय में लक्ष्य बना लिए होंगे अब उसे प्रक्रिया से गुजरा शुरू कर दें और दिन-रात एक कर दें सफलता निश्चित आपकी होगी.|

Chapter 17
Toughness
अपने आप को मजबूत बनाओ

आपकी सफलता इस बात पर निर्भर करती है आप कितने कठोर और मजबूत है।

आपको कठोर और मजबूत बना होगा इसका यह मतलब है दूसरों के प्रति निर्मल और अपने प्रति कठोर बनना होगा।

लीडर बने लीडर हमेशा कठोर होकर कठोर निर्णय लेते हैं और उसकी लगातार उसे निर्णय का पालन करते हैं।

मैं बहुत बार कहानी सुनाता हूं तो आपको एक सच्ची कहानी सुनाता हूं

जो की है श्री जसमत सिंह बुट्टर जो कि गांव खूबेवाला तहसील केसरी सिंह पुर जिला श्रीगंगानगर में रहते हैं। उनके मात्र आठ बीघा जमीन थी और जीवन में बहुत बड़ा संघर्ष था बचपन बहुत कमी में व्यतीत किया और आज उनके पास 250 बीघा से भी ज्यादा जमीन है।वह करोड़पति नहीं अरबपति बन चुके हैं।

आई जसमत सिंह की दिनचर्या को देखते हैं। उनकी दिनचर्या से पता चल जाएगा कि वह सफल और अमीर कैसे बने।

वह सुबह 3:00 बजे उठ जाते हैं उठने के बाद जानवरों को चारा डालते हैं। उसके बाद दूध निकालते हैं। और निवृत होकर चाय पीकर 5:00 बजे खेत में चले जाते हैं। दिन भर खेत में कड़ी मेहनत करते हैं शाम को 6:00 बजे आते हैं 7:00 बजे तक खाना खाकर सोने को चले जाते हैं। यह दिनचर्या का एक अद्त और कठोरता वाला उदाहरण है। उन्होंने कठोर निर्णय लिया और अपनी दिनचर्या को कठोरता से पालन किया और सारा परिवार मिलकर उन्होंने इतिहास रच दिया। वह घर के प्रमुख हैं और लीडर है वह निर्देश देते हैं। सारा परिवार और निर्देशों का पालन करता है कठोरता से इसीलिए ही वह इतने बड़े और अमीर बन पाए।

आज उनके तीन बेटे हैं तीनों बेटों के शादियां हो चुकी हैं और उनके भी बच्चे हैं जो स्नातक की पढ़ाई कर रहे हैं और पूरा परिवार एक साथ है यह एक संगठन का उदाहरण देता है। जो एक संगठन एक लक्ष्य को लेकर काम करते हैं वही सक्सेस होते हैं वही सफल होते हैं।

अब उन्होंने अपने पोते की पढ़ाई के लिए अमेरिका भेजना था। वहां पर 20 लाख की एफडी दिखानी थी और परिवार के सभी सदस्यों के नाम पर एक करोड़ से काम की एफडी ही नहीं थी।

आप ही सोच सकते हैं कि यह क्यों और कैसे हुआ। यह उनके कठोर अनुशासन और लीडरशिप की निशानी है। आपको सफल होना है तो लीडर बनना है। कठोर बना है कठोर निर्णय लेने हैं और कठोरता से उसका पालन करना है। कठोर मतलब बनने का मतलब निर्दय नहीं है कठोर का मतलब है कठोर होकर कठोर और सही निर्णय लेना।

इतना कठोर बने की कोई आपको दुखी ना कर सके। इसका मतलब है इतना निर्मल बन जाओ इतने सहनशील बन जाओ जब भी आपके पास कोई दुख आए तो आपको छू भी ना सके।

कार्य योजना

एक कॉपी पेन लेकर हाथ घर के लीडर है। ऐसा सोचकर लिखे आप कौन-कौन से निर्णय जो अभी सही नहीं है। उनको सही करके कैसे लेंगे और उसे पर कठोरता से पालन करेंगे।

अपनी दिनचर्या का प्लान बनाएं योजना बनाएं। उसे पर कठोरता से पालन करें आपको सफल और अमीर आदमी बनने से कोई नहीं रोक सकता वह सिर्फ खुद आप हैं जो अपने आप को रोकते हैं।

इस दुनिया में आप सफल है या असफल है इसका सिर्फ कारण यही है कि आप यही चाहते हैं।

– गुरदीप सिंह

Chapter 18
Organise your self
आप अपने आप को आयोजित करें

अपने आप को आयोजित व संगठित करें। आपने बहुत बार देखा होगा बहुत बड़े-बड़े प्रोग्राम का आयोजन किया जाता है। तो वह कैसे होता है उसके पीछे कौन-कौन सी कड़ी मेहनत होती है। तो प्रोग्राम सफलता से आयोजित किया जाता है। लेकिन इंसान ऐसा है जो तैयारी के बिना ही हमेशा यह सोचता है। की आयोजित हो जाएगा लेकिन उसके पीछे कुछ नियम होते हैं कायदे होते हैं कानून होते हैं।

अगर आप अपने आप को आयोजित नहीं कर सकते और उसके लिए मेहनत नहीं कर सकते। तो आप कभी सफल नहीं हो सकते।

आई आपको इसको उदाहरण से समझते हैं और यह यह नाम काल्पनिक है।

राहुल नाम का एक विद्यार्थी है। उसकी जिंदगी में कोई दिखाई दे नहीं है कानून नहीं है नियम का पालन नहीं करता है जब चाहे पड़ता है। जब चाहे मोबाइल में गेम खेलने हो गेम खेलता है। जब चाहे खेलने का मन करता है तो खेलने चला जाता है। जब खाने को मन होता है तो खाता है वह किसी भी नियम का पालन नहीं करता तो आप सोच सकते हैं यह विद्यार्थी कितना सफल होगा या असफल।

अब दूसरे विद्यार्थी का उदाहरण लेते हैं इसका नाम हर्ष है हर्ष हमेशा समय का पाबंद है। वह अपनी रोजमर्रा की कार्यों की लिस्ट बनता है और उसे समय देता है। समय उसे पूरा कर देता है। वह लगातार सब चीजों के लिए अलग-अलग समय का निर्धारण करता है खेलने के लिए भी समय रखता है मोबाइल को देखने के लिए समय का निर्धारण करता है और पढ़ाई के लिए भी निर्धारण का समय रखता है जिम जाने का समय भी निर्धारण रखता है। तो इस तरह से वह पूरी तरह अपने आप को व्यवस्थित करके आयोजित होने वाली परीक्षा में उसका क्या होगा आप समझ सकते हैं वह सिर्फ आठ दिन पड़ता है और प्रथम श्रेणी से उत्तेरण होता है। आप इन दोनों उदाहरणों से

समझ सकते हैं कि जो आदमी आयोजित होने के लिए तैयारी करता है वही सफल होता है।

जिंदगी के नियम आपको व्यवस्थित करते हैं और सफलता नियमों के पालन करने से आती है।

अब कहानी से समझते हैं की नियम कानून क्यों महत्वपूर्ण है। इसके बिना इंसान जानवरों की तरह व्यवहार करता है।

अब आप कल्पना करें आपके देश का प्रधानमंत्री टेलीविजन पर आता है और एक भाषण देता है।

यह कुछ इस प्रकार से है।

बहनों और भाइयों मैं आपका प्रधानमंत्री आपको एक महत्वपूर्ण सूचना देने के लिए आया हूं। वह सूचना है आपकी स्वतंत्रता की वह स्वतंत्रता कुछ ईस प्रकार से है। आप अपने मन में जो सोच सकते हैं वह कर सकते हैं क्योंकि यह मानव का अधिकार है जो वह सोचे वह कर ले।

मैं आज सारी पुलिस फोर्स को खत्म कर रहा हूं। देश में पुलिस भी नहीं होगी। और आप जो भी करें उसे पर कोई भी कार्रवाई नहीं होगी। यह मात्र 10 दिन के लिए है।

अब आपकी बारी है सोच कर बताइए देश की हालात क्या होगी।

15 अगस्त 1947 को कुछ ऐसा ही हुआ था जब देश का विभाजन हुआ कई लाख लोगों काट दिया गया एक धर्म के लोगों ने दूसरे धर्म लोगों को काटना शुरु कर दिया। बहन बेटियों की इज्जत लूट ली गई। दुकान लूट ली गई। बच्चों को मौत की घाट उतार दिया गया।

इसका मतलब है इंसान बिना नियम के जानवरों की तरह व्यवहार करता है। 1947 में यही नियम कानून नहीं होने की वजह से हुआ यानी उसे समय जो व्यक्ति यह अपराध कर रहे थे उनको यह डर नहीं था कि इसकी हमको सजा मिलेगी।

जैसे मैंने पहले कहा इंसान बिना नियम के जानवरों की तरह हो जाता है। लेकिन इंसान उसे भी खतरनाक है क्योंकि कोई भी जानवर अपनी प्रजाति के जानवरों को

नहीं मारता इंसान ही ऐसा मात्र जानवर है जो इस तरह की हरकत करता है या कार्य करता है।

और आज तक हजारों युद्ध इसका उदाहरण है।

क्या आप बिना नियमों की अपनी जिंदगी में कुछ इस युद्ध से नहीं गुजर रहे।

कार्य योजना

1.मान लो आपका लक्ष्य 2 करोड़ कमाने का है आप अपने लक्ष्य को पानी के लिए इसका आयोजन करने के लिए कौन-कौन से नियम बनाएंगे उसे विस्तार से लिखें। कग से कम 10 नियम लिखें और उसमें से तीन रोज लगातार पालन करें। यह नियम है 1 3 और 7 जो अपने 10 नियम लिखे है उसी में एक नंबर तीन नंबर 7 नंबर को आपको रोज पालन करना है। इसमें दिमाग मत लगे कि एक तीन सात क्यों। बस इसको कर दे और देखें आप कैसे सफल हो रहे हैं।

2. अपने लिए कुछ नियम बनाएं और जीवन कोबदलें।

1.   आप अपने सोने का उठने का समय निर्धारित करें।

2.   अपने व्यायाम का समय निर्धारित करें।

3.   अपने काम करने का समय निर्धारित करें।

4.   आप फोन पर कितना समय बर्बाद करते हैं इसका निर्धारण करें।

5.   अपने पैसों का हिसाब किताब रखने का नियम बना ले।

6.   अपने बोलने के नियम बना ले आप क्या बोलेंगे और आपका स्वर कैसा होगा इस नियम को सही बनाया तो आप दुनिया जीत सकते हैं।

7. रोज कुछ नया सीखने का नियम बनाएं।

8. नियम को पूरा न करने पर सजा का निर्धारण करें अपने आप को सजा दे ताकि आप नियम पालन कर सकें यह आपकी सफलता तय कर देगा।

अगर आप परिवार के अंदर हैं तो परिवार के नियमों को विस्तार से लिखे। सभी के साथ मिलजुल कर इन नियमों को पालन करने के लिए उनसे सहमति लेने जो नियम

पालन करने लायक नहीं बोला जाता परिवार के द्वारा उसे इस तरह से बदलें ताकि सभी उसका पालन कर पाए। इस सीट पर सभी के हस्ताक्षर लें और जब भी कोई नियम तोड़ता है उसको उसके सामने ले जाकर दिखाएं यह हमारा नियम था।

अपने नियम बनाकर उसे पर चलकर सफलता प्राप्त करें क्योंकि सफलता हमेशा नियम से आती है।

बहुत बड़ा आयोजन करना हो तो नियम जरूरी है छोटे आयोजन के लिए नियमों की जरूरत नहीं होती आपको बड़ा बनना है बड़ा करना है तो नियम अति आवश्यक है।

एक डायरी ले उसको दैनिक डायरी का नाम दें।

इस डायरी को हम कुछ इस तरह से इस्तेमाल करेंगे।

इसे समझते हैं

आने वाले सात दिनों का आप इसमें योजना बनाएंगे की 7 दिनों में आप क्या-क्या काम करेंगे।

फिर हर दिन उसमें आने वाले दिन का विवरण लिखेंगे कि हम कौन-कौन से कम किस-किस समय पर करेंगे यह आपको व्यवस्थित कर देगा और आपके आयोजन को सफल कर देगा।

Chapter 19
Own by Own
अपने मालिक खुद बने

गुलामी की जंजीरें तोड़ें

आप मानो या मत मानो, आज आप जो भी हैं, आप संघर्ष से गुजर रहे हैं, आप दुखी हैं, आप बीमार हैं, आपको बहुत कम लोग प्यार करते हैं, आपके पास अच्छे रिश्तों की कमी है, बहुत सारे लोग आपको इस्तेमाल करते हैं और सफलता की सीडी की तरह। आप हर समय काम करते हैं और सोचते हैं कि कुछ समय बाद सब ठीक हो जाएगा। लेकिन वह ठीक नहीं होता इसके विपरीत होता है, आपके पास सच्चे दोस्तों की कमी है आप हर समय बुरी भावना से ग्रसित है इसका सिर्फ एक ही कारण है।

क्योंकि यह आपका निर्णय है क्योंकि आप अपने मालिक खुद नहीं है यानी जो भी आपकी सफलता है या असफलता है वह बाहर से आ रही है वह आपके मन से नहीं आ रही है। लेकिन सफलता और खुशी तो मन का ही विचार मात्र है। विचार से हमारी भावनाएं पैदा होती है भावनाओं से हमारे कार्य पैदा होते हैं और कार्यों से हमारे परिणाम पैदा होते हैं, और कभी भी निर्णय लेकर विचार बदल के अपनी सफलता को प्राप्त कर सकते हैं

मेरी कहानी से समझते हैं।

मैं बचपन में बहुत गरीबी से गुजरा। भूखे रहना एक आम सी बात थी इससे बड़ी मुसीबत तब आती जब घर में कोई बीमार हो जाता। लेकिन मैंने उसे समय निर्णय किया मैं कड़ी मेहनत करूंगा और पढ़ाई करूंगा संघर्ष आगे बढ़ता रहा। जब मैं दसवीं कक्षा में पढ़ रहा था, 6 फरवरी 1991 को पिताजी गुजर जाते हैं और 20 मार्च को दसवीं की परीक्षा थी दसवीं तृतीय श्रेणी में ग्रेस मार्क्स के साथ पास हुआ 12वीं में पहली बार फेल हुआ दूसरी बार 12वीं में द्वितीय श्रेणी से पास हुआ फिर गुरु जी ने बोला आपका गणित और विज्ञान में बहुत अच्छे नंबर है तो आप इंजीनियर बन सकते हैं इंजीनियर की

तैयारी करी तीसरे साल इंजीनियरिंग में सिलेक्शन होता है। इंजीनियरिंग करने जाता हूं पैसे कम थे एक बार तो मेरा एक मित्र जो अब दुनिया में नहीं है इकबाल सिंह और मैं 21 दिनों तक हॉस्टल की मैस में बची हुई रोटी नमक को और मिर्च के साथ खाकर गुजारा किया लेकिन बीटेक फर्स्ट क्लास से पास किया कॉलेज से बाहर निकलते मेरे पास दो नौकरियां थी।

नौकरी में फील्ड ऑफिसर से लेकर डीजीएम तक का सफर तय किया। 4000 से 4 लाख तक का मात्र 21 साल में।

और आज हमारा कपड़े का व्यापार है जो करोड़ों रुपए कमाता है

लेकिन इस मेरी कहानी में सबसे बड़ी बात है जो कहानी में नहीं बताई गई है मैं हमेशा अपने कपड़े खुद धोता और आज तक भी खुद ही धोता हूं। मैं घर पर जब पहुंचता हूं सब सो रहे हैं तो किसी को नहीं उठाता खाना पड़ा है तो खा लेता हूं नहीं तो खुद बनाता हूं। यानी मेरी निर्भरता मेरे खुद के ऊपर है मैं दूसरे पर निर्भर नहीं हूं यही चीज ने मुझे सफल कर दिया आप भी अपने मालिक खुद बनिए दूसरों पर निर्भरता कम कीजिए और आप अमीर और सफल बन जाएंगे

कार्य योजना

1. आपको सुबह उठकर अपना बिस्तर खुद बनाना है।

2. आपको अपनी खुद उठा कर पीना है।

3. आपको खाना खुद निकाल कर खाना है।

4. आप जो भी काम करते हैं वह खुद को करने हैं जैसे अपने अंतर्वस्त्र तो कम से कम आपको खुद को धोनी है।

5. आप और कुछ काम बीते कर सकते हैं जो आप खुद करेंगे।

यह देखकर आपके परिवार में एक अद्त भावना का विस्तार होगा। परिवार का प्रत्येक सदस्य गण अपने खुद के काम खुद शुरू कर देगा तो कैसा स्वर्ग जैसा घर होगा आप सोच सकते हैं।। प्यार होगा एक दूसरे के लिए काम करने की चाहत होगी लेकिन सब अपना काम कर रहे होंगे ऐसा परिवार सोच सकते हैं आप बनाया अपने परिवार को ऐसा।

Chapter 20
O Zero
अपने शुन्य का विस्तार करें।

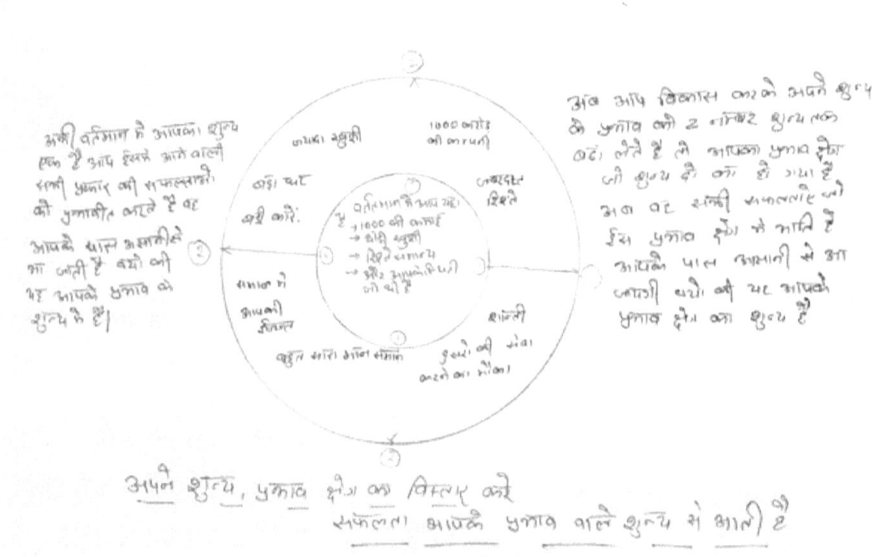

अपने शुन्य को बड़ा करें बड़ा अजीब सा लगेगा आपको यह क्या है। अब क्या बड़ा करें कैसे बड़ा करें क्यों बड़ा करें यह बहुत से प्रश्न उठते हैं।

एक बड़ा सारा शून्य बनाएं उसे सुनने के अंदर आपके प्रभाव क्षेत्र में आने वाले कार्यों को लिखें जैसे कि आप हर महीने ₹10000 कमा सकते हैं। थोड़ी खुशी है रिश्ते सागान्य है या और भी कुछ जो अभी आपके प्रभाव क्षेत्र में जिराको आप प्रभावित कर सकते हैं इस प्रभाव का गोला भी बोल सकते हैं।

अब जैसे चित्र में दिखाया गया है उसे सुनने के बाद एक और उससे बड़ा शून्य बनाएं उसे शून्य में लिखे जो आपके प्रभाव क्षेत्र में कार्य नहीं आते हैं। हर महीने 2 करोड रुपए कामना बहुत सारी खुशी अच्छे रिश्ते आपकी शांति आप अधिवक्ता बनना

चाहते हैं। आप इज्जत चाहते हैं जो भी आपके प्रभाव क्षेत्र में नहीं है वह क्षेत्र में लिखे जो आप पाना या करना चाहते हैं

अब आप इस पर कार्य करें कि आपका प्रभाव क्षेत्र इतना बड़ा हो जाए जो छोटे वाला गोला है वह बड़े वाला गोला बन जाए।

इसके लिए आपको लगातार वह कार्य करने होंगे जो आपके प्रभाव को बढ़ाते हैं। आपको लगातार सीखना होगा लगातार मेहनत करनी होगी लगातार संघर्ष करना होगा लगातार त्याग करना होगा और आप अपने गोले को बड़ा करते-करते बड़े गोले तक पहुंच जाएंगे। अब इस गोले को उसे बड़े गोले तक पहुंचाने के लिए आपको क्या-क्या कार्य करनी है यह आपको समझना होगा जैसे अध्याय एक के अंदर हमने लक्ष्य बनाने की प्रक्रिया बताइए वह भी गोले को बड़े करने की प्रक्रिया है। सभी अध्याय में यही बताया गया है कि आप इस लक्ष्य को बड़ा कैसे कर सकते हैं।

कार्य योजना

एक बड़ा सर चार्ट ले उसे पर पहले छोटा गोला बनाएं उसमें प्रभाव क्षेत्र आने वाले कार्यों को लिखें जो आप अभी प्राप्त कर रहे हैं।

फिर उसके बाहर एक बहुत बड़ा गोला बनाएं उसमें वह लिखे जो आपके प्रभाव क्षेत्र में भी नहीं है। उसे गोले में वह कार्य लिखें जो आपके प्रभाव क्षेत्र में नहीं है लेकिन आप पाना या बनना व करना चाहते हैं और इसको एक अपनी दीवार पर चिपकाएं और रोज देखे कि मैं यह करना है मेरा यह लक्ष्य है। यह पाना बनाना और मैं करना चाहता हूं इसको रोज देखना है।

Chapter 21
Roaming for success
सफलता के लिए घर छोड़ना पड़ेगा।

यह कैसी सफलता है जिसके लिए घर छोड़ना पड़ेगा तो सफलता का क्या करना है। बहुत सारे लोग ऐसी सोचते हैं पर अपना इतिहास को देखिए। जो व्यक्ति बड़े बने हैं इतिहास में उनका नाम सुनहरी अक्षरों में लिखा गया है। उन्होंने अपना घर छोड़ा है और भ्रमण किया है भ्रमण करके अपने प्रभाव को पूरी पृथ्वी पर फैला दिया है। आप ने भी अपने प्रभाव क्षेत्र को बड़ा करना है।

आज आप राजस्थान के व्यक्तियों को देखिए पूरी दुनिया के अंदर आपको राजस्थानी मारवाड़ी मिल जाएगा यह सब लोग सफलता के लिए एक नई जगह का चुनाव करते हैं। वहां जाकर बस जाते हैं और अपनी सफलता को पा लेते हैं। क्योंकि यह लोग अपना सर्वस्व धन में समय एक ही दिशा में लगाते हैं और सफल हो जाते हैं।

ऐसा क्यों होता है लिए इसे समझते हैं।

पिछले कई अध्याय में मैं पूछ रहा हूं यह प्रश्न की जिसने हमें बनाया है। उसने हमें दो चीज क्या दी हैं ? तो उसका उत्तर है। हमें पूर्ण बनाया और हमें समय दिया हमें पूर्ण का मतलब है। हमें बुद्धि दी हमें बहुत सारी शक्तियां दी विचार की शक्ति दी चेतना दी और यह शक्ति हमें किसी तीसरी शक्ति से प्राप्त हुई है।

जब हम इन सारी शक्तियों का सही तरीके से इस्तेमाल करते हैं तो सफलता प्राप्त होती है।

अभी आप जिस जगह पर रहते हैं आप पूरी ईमानदारी से सही कर्म करते हैं पर समय का क्या।

अब एक महान कर्म के लिए आपको ईमानदारी से सही समय पर सही जगह पर निवेश करना होगा।

अब कल्पना करें आप जिस गांव में रहते हैं सब परिवार आपके दोस्त और रिश्तेदार हैं तो आपका समय का क्या होगा। यह सारे रिश्तेदार और दोस्त मिलकर आपका सारा समय खा जाएंगे आपने सही जगह पर समय का निवेश ही नहीं किया तो आपको सफलता कैसे मिलेगी।

अब आप कल्पना करें अपने गांव को छोड़कर आप दूसरे गांव जाकर यानी सही जगह पर जाते हैं। सारा समय अपने आप ही निवेश होना शुरू हो जाता है और आप सफल हो जाते हैं यही तो मारवाड़ी और राजस्थानी लोगों की सफलता का राज है।

अब आप कल्पना करें एक बहुत बड़ा नीम का पेड़ है नीम का पेड़ कड़वा है। उसे पर जो नीम के फल लगते हैं। वह भी हरे रंग में कड़वे ही होते हैं। फिर पीले होते हैं पाक के नीचे गिर जाते हैं। तब वह थोड़े मीठे भी होते हैं। लोग उसको खाते भी है। अब यह कल्पना करें की नीम के सारे बीज़ नीम के नीचे ही गिर रहे हैं और बारिश आने पर उग रहे हैं तो कौन सा बीज वृक्ष बनेगा।

उत्तर है कोई भी नहीं बड़े पेड़ के नीचे कोई भी वृक्ष फल फूल नहीं सकता। इसीलिए पेड़ अपने बीज को मीठा कर देते हैं। ताकि कोई पर पशु पक्षी इंसान उसको खाए और दूर जाकर फेंक दें और वह उपजाऊ भूमि प्रकार एक नया वृक्ष बन जाए।

अब कल्पना करें भाई आप एक बीज है आप इस पेड़ के नीचे गिरे हुए हैं। तो आप सफल होंगे या असफल। इंसान की सबसे बड़ी कमजोरी है वह अपने बीजों को अपनी ही नीचे फेंक कर बड़ा होने के लिए कोशिश करता रहता है। जबकि यह प्रकृति के नियम के बिल्कुल विरुद्ध है आप ऐसा कर ही नहीं सकते। अगर आपको अपने बच्चों को या आपको खुद को बड़ा बनाना है तो उसे जगह से दूर हटाना होगा जिस जगह पर आपका जन्म हुआ है आप जिस जगह पर पैदा हुए हैं अगर आप वहीं रह गए तो आप सफल होना बहुत संघर्ष पूर्ण होगा और व आपको सफलता नहीं लगेगी।

इसी तरह आम का उदाहरण लेते हैं आम का पेड़ इस तरह से बीज पैदा करता है। जैसे मैंने पहले वाली कहानी में बताया था वह अपने बीच को दूर फेंकने के लिए अब उसको मीठा कर देता है ताकि कोई इंसान उसे खाए और एक उपजाऊ भूमि में इसके बीज को फेंक दे।

अगर आप गांव से हैं। तो अपने आंकड़े का पेड़ देखा होगा उसे किसी जगह पर आंक बोला जाता है। इसको कोई नहीं खाता सिर्फ बकरी के अलावा, इसीलिए बकरी का दूध अमृत होता है। अब जब इस आंक के पेड़ में पहले फूल आते हैं फिर फल आते हैं जो लगभग आम की तरह ही दिखते हैं। यह फल जब पक जाते हैं तो फटते हैं फटने में से इनमें फूल जैसा कुछ पदार्थ निकलता है। फूल में पतले पतले रेशे होते हैं और इन पतले रेशों के में एक बीज़ लगा होता है। और यह फूल इतने हल्के होते हैं कि जब हवा आती है तो उड़ जाते हैं। जब यह फल फटता है और यह फूल उड़ कर उस जगह पर जाते हैं जहां पर उपजाऊ भूमि हो पानी हो हवा हो और वह बीज़ वहां पर फटकार अपना नया स्वरूप लेते हैं और सफलता पाता हैं।

जैसा पहले भी मैंने कहा यह सारे प्राकृतिक के नियम इंसान पर भी लागू होते हैं लेकिन इंसान तो वही रहना चाहता है जहां पर पैदा हुआ है यही उसका सबसे बड़ा कारण है कि उसकी असफल का।

हम इंसान इस नियम को ना समझी की वजह से समझते नहीं है। प्रकृति के तो बंधे बन्धाये नियम है और हम प्रकृति का हिस्सा हैं और यह नियम हम पर भी लागू होते हैं। एक समय आता है हम इस नियम को समझ जाते हैं। अपनी जगह को छोड़ देते हैं दूसरी जगह पर जाते हैं दोस्त रिश्तेदार परिवार सब छोड़ देते हैं। आपका सामना एक सच्ची हकीकत से होता है जहां पर बहुत ज्यादा संघर्ष होता है। इंसान तो बना ही संघर्ष के लिए है जिस दिन संघर्ष खत्म उसी दिन मृत्यु होती है। आप जो समय बर्बाद करते थे अपने गांव में रहकर वह अब सही जगह पर निवेश होना शुरू हो जाएगा। भगवान ने पूर्ण तो आपको बना ही रखा है बस समय का निवेश सही हुआ आप सफल होना शुरू हो जाते हैं।

अब गुजरात के उदाहरण से समझते हैं।

गुजरात के परिवारों में एक प्रक्रिया है जब कोई लड़का 20 साल का हो जाता है तो उसको ₹5000 देकर दूसरे शहर में भेज दिया जाता है उसे वहां पर हर दिन नई नौकरी खोजनी होती है। वहां पर पैसा कमाना होता है और 30 दिन इसी पैसे में गुजारा करना होता है वह 30 दिन घर पर बात नहीं कर सकता सिर्फ शाम को एक बार यह बताता है। कि मैं यहां पर हूं और ठीक हूं। और इसी तरह से वह नई नौकरी खोजता हुआ अपने 30 दिन बीतता है और जिंदगी की सच्ची हकीकत्तों का सामना करता है।

30 दिनों के बाद जब मैं घर पर आता है। तो एक बहुत बड़ा जशन मनाया जाता है। उसे लड़के को सारी जिम्मेवारी देने की तैयारी कर दी जाती है और वह बहुत बड़ा बिजनेसमैन बनता है। तो यहां पर सिर्फ 30 दिन जो घर से बाहर रहा वह उसी से इतना बड़ा हो गया उसने जिंदगी की हकीक्तों का सामना किया। इस वजह से घर से निकलना बहुत जरूरी है और यह ही आपकी सफलता और असफलता को तय करता है।

इसको और विस्तार से समझते हैं

अब आप कल्पना करें आप अपने गांव में एक दुकान खोलते हैं जिसमें परचून का सारा सामान मिलता है। अब आपको यहां पर सब लोग जानते हैं आपके रिश्तेदार हैं और आपके दोस्त हैं। गांव वालों के पास पैसों की कमी होती लेकिन वह आपको जानते हैं इसलिए आपको उधर देना ही पड़ेगा। और आप अपने रिश्तेदारों दोस्तों को उधार देते हैं तो धीरे-धीरे आपके पास पैसों की कमी होना शुरू हो जाएगी जो पैसा अपने व्यापार में लगाया था। उसको रोज कुछ नया सामान खरीद कर डालकर लगातार बेचकर आप ज्यादा पैसा कमाने के बारे में सोचते हैं। लेकिन आप ऐसा नहीं कर पाएंगे क्योंकि आपका सारा पैसा तो उधार में फस गया है। और आप अपने रिश्तेदारों और दोस्तों से जब पैसा मांगने जाते हैं या आप उनको जानते हैं तो उनसे पैसा मांगने जाते हैं। तो उनका उत्तर क्या होता है अभी नहीं है हम भाग थोड़ी जा रहे हैं। थोड़ा दिन इंतजार करो हम दे देंगे और आप इसी चक्कर में फंसकर अपनी दुकान की बर्बादी कर लेते हैं।

अब इसके विपरीत कल्पना करते हैं। आप एक नई जगह पर जाते हैं जहां पर आपको कोई नहीं जानता वहां पर आप दुकान खोलते हैं। क्योंकि यहां पर आपको कोई जानता नहीं है तो आपके उधार भी नहीं मांगेगा। आप अपना व्यापार शुरू करते हैं और दुकान बहुत बड़ी हो जाती है बाद में आप उधर भी देते हैं तो आपके पास उचित मात्रा में पैसा रहता है। आप पैसे से पैसा बनाते जाते हैं और अमीर व्यक्ति बन जाते हैं।

इस दिए गए उदाहरण से समझ में आता है और यह सब पर लागू होता है चाहे कपड़े की दुकान हो चाहे आप नया ट्रैक्टर खरीदें या कोई नया बिजनेस शुरू करें या किसी और तरह की दुकान हो।

अब मेरी आप बीती सुनाता हूं।

गांव में कपड़े की दुकान से नागपुर की कपड़े की दुकान का सफर।

मैं बहुत बारी यूट्यूब पर वीडियो बनाता हूं तो अपने कपड़े की दुकान का जिक्र करता हूं।

इस कहानी की शुरुआत होती है 2008 में जब मैं स्वराज कंपनी में काम करता था। हमारे एरिया मैनेजर जो सर राजस्थान देखते थे। मुझे ऐसा लगता था वह मेरे साथ भेदभाव करते हैं। और यह भावना मेरे में गहन होती गई और मैं लड़ाई करके वह नौकरी छोड़ दी मैं अपने परिवार के साथ अपने गांव आ गया गांव पक्की जिला श्रीगंगानगर राजस्थान।

मैं जयपुर नौकरी करता था। अब अपने गांव श्रीगंगानगर आ गया था गंगानगर किराए का घर लिया जहां पर बच्चों को स्कूल में डाला। गांव में जाकर दुकान खोल दी कितनी मूर्खतापूर्ण हरकत। गांव में दुकान खोली और कुछ ही समय में चार लाख की उधारी हो गई रोज नया पैसा दुकान में डालते गए। उधर देते गए और बर्बादी के कगार पर पहुंच गए। पैसे की कमी होती गई तो मुझे नौकरी दोबारा खोजनी पड़ी। और उसे समय मैं महिंद्रा के एक अद्ृत और एक अच्छे व्यक्ति को जानता था जिसका नाम बलजिंदर राणा था। मैंने उनसे नौकरी के लिए बहुत सारा निवेदन किया तो उन्होंने मेरी बात सुनकर मुझे नौकरी में रख लिया। उसे समय में न्यू हॉलैंड में वापस नौकरी ज्वाइन की कुछ समय तक गांव की दुकान चलती रही वह दुकान बर्बादी की ओर बढ़ रही थी लेकिन मैं फिर वहां से पैसा कमा कर उसमें डालता रहा। एक समय पर निर्णय लिया कि यह दुकान ज्यादा नहीं चलेगी। और इसी समय पर श्री बलजिंदर राणा जी का न्यू हॉलैंड कंपनी को छोड़कर सोनालिका में महाराष्ट्र में आना होता है और एक दिन जब मैं चाणना धाम की यात्रा कर रहा था। तो सर का फोन मुझको आता है और मुझसे पूछते हैं महाराष्ट्र आएगा क्या और मैं हां कर देता हूं। मैं भी इंटरव्यू देखकर सोनालिका में नागपुर आ जाता हूं।

3 साल 4 साल तक अच्छी तरह नौकरी चलती है और मैं उन्हीं से पूछता हूं कि मैं यह बिजनेस करने का सोच रहा हूं। अपनी पत्नी के लिए तो वह बहुत उत्साहित होकर कहते हैं यह तो बहुत अच्छा निर्णय है और हम नागपुर में कपड़े का व्यापार शुरू करते हैं।।

अभी समय पर मेरे पास ज्यादा धन नहीं था लेकिन मुझे 8 लाख के आसपास क्रेडिट कार्ड पर लोन लेने का आसार था। और मैं ₹500000 उसमें से लेकर अपनी पत्नी को दिए और कहा कि कपड़े खरीद लो। और उसे समय तक वह दिन-रात करके सिलाई सीख चुकी थी। हम कपड़ा लाते हैं पर जो दुकान हमने तय की थी उसका किराया ज्यादा होने की वजह से हम उसे दुकान को किराए पर नहीं लेते हैं। एक छोटे से फ्लैट में ही कपड़े रख देते हैं। मेरी पत्नी ने वहीं से व्यापार करना शुरू किया घर से ही कपड़े बेचना शुरू किया। और कुछ समय बाद दुकान खोजते खोजते हमको एक दुकान मिलती है। यह दुकान किराए की नहीं थी खरीदनी थी। हमारे पास जो पैसे थे वह कपड़ों में लगा चुकेथे। लेकिन हमने सोचा यह लोन लोन लेकर कर सकते हैं हमने दुकान का सौदा कर दिया। लोन के लिए अप्लाई किया सभी जगह से लोन रिजेक्ट हो गया। और जो दुकान के मालिक दलीप थूल से उन्होंने हमको 6 महीने का समय दिया था। लेकिन वह बाद में मुकर के उन्होंने कहा कि यह हमने तो तीन महीने का समय दिया है। आपको पैसे देने होंगे या दुकान खाली करनी होगी इस समय तक हम दुकान बना चुके थे। पूरी तरह से कुछ-कुछ ग्राहक आने शुरू भी हो गए थे। आप सोच सकते हमारे साथ क्या हुआ होगा ऐसा कुछ नहीं हुआ जब आप पहला कदम उठाते हो तो सारी शक्तियां आपके साथ देना शुरू कर देती है हमने 42 लाख नगद उनको दे दिए और रजिस्ट्री के भी ढाई लाख लगाऐ। और यह दुकान बहुत अच्छी चलने लगी दिन-रात मेहनत करते चले गए और यहां पर जो लोग हैं उन्होंने हमको आमिर कर दिया क्योंकि वह हमें जानते नहीं थे हमारे रिश्तेदार नहीं थे हमारे दोस्त नहीं थे। और आज यह दुकान करोड़ों रुपए कमाती है।

आप इस सच्ची कहानी से समझ सकते हैं की सफलता कैसे आती है। हमने प्रकृति का नियम अपनाया जाने अनजाने में हमने घर छोड़ दिया। गांव की दुकान से नागपुर वाली दुकान कहीं ज्यादा सफल है।

राजस्थान में कुछ लोग ट्रैक्टर खरीदने हैं जिस दिन ट्रैक्टर खरीदने हैं। उसी दिन ट्रैक्टर लेकर बाहर निकल जाते हैं। एक ही साल में ट्रैक्टर की पूरी कीमत कमा कर घर को आ जाते हैं। अगर मैं घर पर ही रहते तो कैसे पैसा कमा सकते थे नहीं वह उसकी किस अपनी पूंजी में से ही भरते और गरीबी की ओर आगे बढ़ जाते। लेकिन यह तो समझदार लोग हैं यह जहां पर भी जाते हैं वहां पर अपना वर्चस्व बना लेते हैं और करोड़पति बन जाते हैं।

एक दिन में यूट्यूब का वीडियो बनाने के लिए फील्ड में था जो महाराष्ट्र के नागपुर के आसपास लगभग 20 किलोमीटर में था। वहां पर मुझे एक मुसलमान भाई मिला जिसके पास फार्मट्रिक 60 ट्रैक्टर था और वह राजस्थान के अलवर का था। मेरी यूट्यूब पर उसका वीडियो भी है मैंने उससे पूछा आप हर साल में कितना पैसा कमाते हैं दोनों ने बोला 10 से 12 लख रुपए जो ट्रैक्टर की कीमत के कहीं ज्यादा था। उन्होंने बताया कि वह राजस्थान से निकलते हैं पहले राजस्थान में मूंग निकलते हैं फिर वह एमपी में आ जाते हैं। वहां पर सोयाबीन निकलते हैं महाराष्ट्र में चने निकलते हैं। और तेलंगाना के अंदर अरहर को निकलते हैं। और फिर कर्नाटक में भी अरहर निकाल कर वहां से वापसी शुरू करते हैं। गेहूं निकलते हुए राजस्थान पहुंच जाते हैं। लगभग 10 महीना का समय यह सिर्फ एक ट्रैक्टर और थ्रेसर लेकर ही काम करते हैं और लाखों रुपए कमाते हैं।

इसको उदाहरण लेते हुए समझते हैं कि वह सफल और ज्यादा पैसे क्यों कमा पाए। क्योंकि वह अपने घर छोड़ दिया और जहां पर काम है वहां चले गए आपके घर छोड़ना होगा, बड़ा बनना है तो।

अब कुछ महान हस्तियों के बात करते हैं जिनका नाम रहती दुनिया तक रहने वाला है।

श्री गुरु नानक देव जी को जब ज्ञान हुआ तो अपने ज्ञान को बांटने के लिए पूरी दुनिया दुनिया में 40000 किलोमीटर का सफर उन्होंने पैदल ही तय कर दिया। एक महान धर्म की स्थापना कर दी जिसे हमें सिख धर्म के नाम से जानते हैं जो योद्धाओं का धर्म है और जो संत और योद्धा की मूल सोच पर चलता है।

अंग्रेजों ने अपना घर छोड़ा और पूरी दुनिया में उनका सूर्य कभी अस्त नहीं होता था। यानी उनकी जितनी रियासतें थी कोई ना कोई ऐसी रियासत होती थी जहां पर सूर्य होता था।

मुगलों ने अपना घर छोड़ा तो भारत पर कई सैकड़ो वर्ष तक राज किया।

महात्मा गांधी ने अपना घर छोड़ा तो भारत को आजाद कर दिया।

आज हमारे प्रधानमंत्री अच्छे हैं या बुरे हैं मैं इसको कुछ नहीं कहता। श्री नरेंद्र मोदी जी उन्होंने अपना घर छोड़ अध्यात्म में चले गए फिर अध्यात्म पूर्ण होने के बाद राष्ट्रीय

स्वयंसेवक संघ में अपनी पूरी जिंदगी भ्रमण किया। अपने प्रभाव क्षेत्र को विकसित किया वह तीन बार गुजरात के मुख्यमंत्री बने और तीन बारी प्रधानमंत्री पूरे भारतवर्ष के बने यह सिर्फ उसे भ्रमण का नतीजा है घर छोड़ने का नतीजा है।

आप किसी भी सफल आदमी या व्यक्ति को इतिहास उठाकर देखते हैं। कि वह तभी सफल हुआ है जब उसने दूसरे लोगों से मिलने के लिए अपना घर छोड़ा है।

धीरूभाई अंबानी ने घर छोड़ा छोटे से पेट्रोल पंप पर नौकरी की नौकरी करके कुछ पैसा इकट्ठा किया। भारत में व्यापार शुरू किया आज उनके बच्चों की गिनती सबसे अमीर व्यक्ति में होती है।

हमारे सबसे प्यारी राष्ट्रपति श्री अब्दुल कलाम जी ने अपनी बहन के जेवर गिरवी रखकर ट्रेन का किराया जूटाया। नौकरी पाने के लिए चले गए। नौकरी पाने मैं यह असफल रहे। लेकिन लगातार ज्ञानवृद्धि और नए-नए लोगों से मिलना अपने प्रभाव को विकसित करना और इस प्रक्रिया ने उसे देश का महान वैज्ञानिक। उनके नाम के आगे मिसाइलमैन लगा दिया।

किसी सफल व्यक्तियों का इतिहास इस बात से भरा पड़ा है कि वह घर छोड़कर बाहर निकले और सफल हो गये।

अब थोड़ा समझते हैं गांव के बच्चे और शहर के बच्चे कैसे विकसित होते हैं।

बड़े महानगरों में रहने वाले बच्चे हमेशा घर में ही रहते हैं। स्कूल जाते हैं और माता-पिता काम करते हैं तो ज्यादा ध्यान बच्चों पर नहीं दे पाते तो उनका मानसिक विकास ज्यादा हो ही नहीं पता। वह अपना समय बिताने के लिए कुछ अजीब चीज करते हैं वह आप समझ सकते हैं यानी सारा समय मोबाइल पर ही बर्बाद हो जाता है।

इसके विपरीत गांव के बच्चे स्कूल भी जाते हैं। खेतों में भी काम भी करते हैं। अपना खाना खुद बनाना सीख जाते हैं। गांव की छोटी-छोटी बच्चियों खाना खुद बनाती हैं। अपने पापा का खाना लेकर खेत में पहुंच जाती है यानी घर से निकलना आम बात हो जाती है और बाहर जाकर छोटे-छोटे काम कर कर गांव के बच्चे जल्दी समझदार और जुमेवार बन जाते हैं।

यह सिर्फ घर से बाहर निकलने का ही दो तो नतीजा है छोटी उम्र में भैंसों के चरना जानवरों के साथ समय व्यतीत करना। प्रकृति में समय व्यतीत करना और प्रकृति के नियमों को समझना ही सफलता का प्रमुख कारण है।

कार्य योजना

अपनी कार्य योजना बनाएं। आप कैसे जाकर किसी दूसरी जगह पर काम कर सकते हैं। आपको उससे क्या-क्या लाभ होंगे। इसको विस्तार से लिखें।

Chapter 22
Rock
मुसीबत के पहाड़ पार करें

आप जब भी कोई बड़ा कार्य करने के लिए निकलते हैं तो संघर्ष मुसीबत के पहाड़ आपके सामने आते हैं। प्राकृतिक का एक नियम है आप छोटी समस्या का हल करेंगे तो आप छोटी हो जाएंगे आप बड़ी समस्या का हल करेंगे तो आप बहुत बड़े हो जाएंगे। जब आप बड़ी समस्या का हल करने की कोशिश करते हैं तो आप सफलता की रास्ते पर होते हैं।

इस समय आपके पास अगर छोटी समस्या है तो आप छोटे हैं। अगर आपके पास बड़ी समस्या है और आप उसको हल करने के लिए लगे हैं तो आप बड़ा बनने के रास्ते पर आगे बढ़ रहे हैं।

उदाहरण से समझते हैं

छोटी समस्या

आप तय करते हैं कि आपने मात्र ₹500 प्रति दिन कमाना है। तो आपके मन में कौन से विचार उठते हैं कोई सा भी काम कर लो मजदूरी कर लो, सब्जी बेच लो, या कोई सी भी नौकरी छोटी-मोटी कर लो तो आपको ₹500 मिल जाएंगे। तो समस्या हल आसानी से निकल गया तो समस्या भी छोटी है।

अब आपको हजार रुपए प्रतिदिन कमाने हैं। तो आपका मस्तिष्क में से कुछ अलग विचार निकलेंगे की आपको मजदूरों का लीडर बनना होगा। चार-पांच मजदूरों के साथ मिलकर आप कार्य कर सकते हैं मिस्त्री बन सकते हैं। कुछ सीख कर तो आप हजार रुपए पर पहुंच गए थोड़ी बड़ी समस्या हल थोड़ा मुश्किल।

अब आपको ₹10000 प्रतिदिन कामना है। तो आप कैसे सोचेंगे उसी का उदाहरण लेते हैंकि ठेकेदार हमेशा ज्यादा पैसे कमाता है तो आप उसके साथ लगातार 1 साल

रहते हैं सीखते हैं । क्यों को कि ठेकेदार हमेशा ज्यादा पैसे कमाता है तो आप उसके साथ लगातार 1 साल रहते हैं सीखते हैं इस कार्य की बारीकियां को समझते हैं। आप ठेकेदार बन जाते हैं तो आप ₹10000 प्रतिदिन कमाना शुरू हो जाते हैं।

अब अपने ₹100000 प्रतिदिन कमाने का निर्णय लिया है। यह समस्या बड़ी है। अब आप फिर खोज करते हैं समस्या जितना बड़ी परिणाम भी उतना बड़ा आप एक कंपनी बनाने का निर्णय लेते हैं। बारीकियां से यह कंपनी कैसे कार्य करती है इनको समझते हैं और बहुत मेहनत करते हैं आपको लगभग इसमें हजार लोगों की आवश्यकता है कंपनी में मैनेजर होंगे। डायरेक्टर होंगे सीईओ होगा और पूरी तरह से आप कंपनी बनाते हैं लेकिन बहुत सारी मुश्किलों का सामना करना पड़ता है। आप कंपनी बना लेते हैं और आपकी कंपनी चल पड़ती है और प्रतिदिन ₹100000 नहीं 5 लाख कमाना शुरू कर देते हैं। यानी समस्या जितनी बड़ी होगी उसका परिणाम भी उतना बड़ा होगा आप छोटी समस्या हल कर रहे हैं तो परिणाम भी छोटा होगा। आप जितनी बड़ी समस्या को हल करेंगे उतना बड़ा परिणाम होगा।

बड़ी समस्या को हल करने के लिए समय भी बड़ा लगता है।

अब आप इसे और बड़ी समस्या लेते हैं। हर दिन एक करोड रुपए कमाने का निर्णय करते हैं। आप फिर अध्ययन करना शुरू करते हैं उन कंपनियों को देखते हैं। जो कंपनियां एक करोड रुपए प्रतिदिन से ज्यादा कमा रही है। कौन-कौन से लोग ऐसे हैं जिन्होंने एक करोड रुपए ज्यादा कमाया प्रतिदिन। आप उनका संघर्ष को देखते हैं। आप अपनी कंपनी में अलग-अलग विभाग बनाते हैं सेल्स विभाग प्रबंधन विभाग खरीददारी विभाग और मैनेजमेंट टीम।

पहले आपके पास एक आदमी काम कर रहा था। फिर तीन हुए फिर सो गए अब आपको हजार लोगों को लेकर काम करना पड़ेगा और यह बहुत बड़ी समस्या है। अपने इस समस्या का हल कर लिया तो आप एक करोड रुपए कमाने लग जाते हैं। इसी तरह इसका कोई अंत नहीं है। आप जो चाहे वह पा सकते हैं बस समस्या बड़ी हल करनी होगी और समस्या जब बड़ी होती है। आप उसको हल करते हैं आप भी बड़े बन जाते हैं।

आप समझ सकते हैं समस्या का पहाड़ जितना बड़ा होगा आपका परिणाम भी उतना बड़ा होगा। धन रिश्ते शांति स्वास्थ्य हर क्षेत्र में आप बड़े परिणाम प्राप्त करेंगे

इस पृथ्वी पर जिन लोगों ने भी बड़ी समस्या का हल किया है। वह उतना ही बड़ा परिणाम पाते हैं। और हर इंसान ने भगवान अल्लाह वाहेगुरु गॉड ने सारी शक्तियां दिए जो हमारे अंदर पहले से ही मौजूद है बस हमें इसे भूल गए हैं। हनुमान की तरह। बस इसे याद करने का समय आ गया है। उदाहरण के लिए आप एक अंधेरे कमरे में बैठे हैं आपको कुछ नहीं दिखाई देता और आप एक दीपक जलते हैं आपको सब कुछ दिखाई देने लगता है बस वह दीपक जलाना है। इस पहाड़ जैसी समस्या को हल कर देना है और वह दीपक आपके अंदर है।

अब श्री बजरंगबली जिन्हें हम हनुमान के नाम से भी जानते हैं। इनके धरती पर सबसे ज्यादा मंदिर है हनुमान दो शब्दों से मिलकर बना है हनन और मन। जब आप अपने मन का हनन कर लेते हैं। तो आप हनुमान बन जाते हैं किसी भी समस्या का हल कर सकते हैं यानी अपने मन के मालिक बन जाते हैं।

आप हनुमान के तुल्य हो जाते हैं।

रामायण में जिस समय माता सीता का हरण हो जाता है और माता सीता से श्रीलंका में होती हैं। तो श्रीलंका कौन जाएगा इस समुद्र को पार करे इस बात पर मंथन होता है। हनुमान जी अपनी पूरी शक्तियां भूल चुके थे। हनुमान जी के गुरु जामवंत जी थे तो श्री जामवंत जी ने उन्हें उनकी शक्तियां याद दिलाए। कि आप में अद्त बल है। आप हवा में उड़ सकते हो। क्योंकि आप हनुमान हो अपने अपने मन के मालिक हो आप मन की शक्तियों का इस्तेमाल कर सकते हैं।

बस फिर क्या था हनुमान जी उड़ चले सबसे पहले बड़े कार्य को करने पर बड़ी समस्या आती है। माता सुरसा उनके रास्ते में आती है। उन्हें अपना भोजन बनाना चाहती हैं तो बड़ी बुद्धि से अपने आप का बड़ा रूप दिखाते हैं। जब छोटा रूप दिखाने की बारी आती है तो छोटा रूप दिखाकर माता के मुंह में जाकर वापस आकर कहते हैं माता आपका भी भरम पूरा हो गया अब मुझे आज्ञा दे मैं जाऊं। माता उसे आशीर्वाद देकर वहां से भेज देती हैं इसी तरह से जब हमारी जिंदगी में हम आगे बढ़ रहे हैं तो बहुत सारी समस्या आती हैं समस्या को सही तरीके से हल कैसे करना है। यह पता चल जाए तो आप कोई सी भी समस्या को हल कर सकते हैं। जब बड़ा बनना हो तो बड़ा रूप दिखाएं। जब छोटा बनकर कार्य पूर्ण होता हो तो छोटा बनना ही उचित है और यह सारा मन की शक्तियों से होता है।

और हनुमान जी लंका पहुंचते हैं लंका दहन की कहानी तो आपने सुनी होगी। यह सारी शक्तियां हम सब इंसानों में भी है। बस उसे एक जामवंत गुरु की जरूरत है हर इंसान वह शक्तियां प्राप्त कर सकता है।

हम सब इंसानों में एक हनुमान छुपा हुआ है हम इसे राम की भक्ति से प्राप्त कर सकते हैं।

राम मतलब रम जाना मतलब की मन की कोई जगह ही नहीं हो यानी जो जो भी विचार आपके आ रहे हैं वह आपके नियंत्रण में हैं।

आप समस्या के पहाड़ को अपनी जागृति से समाप्त कर सकते हैं जागृत होना ही तय करेगा आप कितनी बड़ी समस्या को हल कर सकते हैं।

कार्य योजना

आप जागृत रहने के लिए कोई सा भी ध्यान करें...

Chapter 23
Review
समीक्षा व मूल्यांकन करना

. . . .

सफलता के लिए यह एक महत्वपूर्ण कदम है।

मैं इसको सफलता का चक्कर भी कहता हूं। आप सफलता के चक्क में चले जाए सफलता अपने आप आपके कदम चूमेगी।

आईऐ सफलता के चक्क को समझते हैं

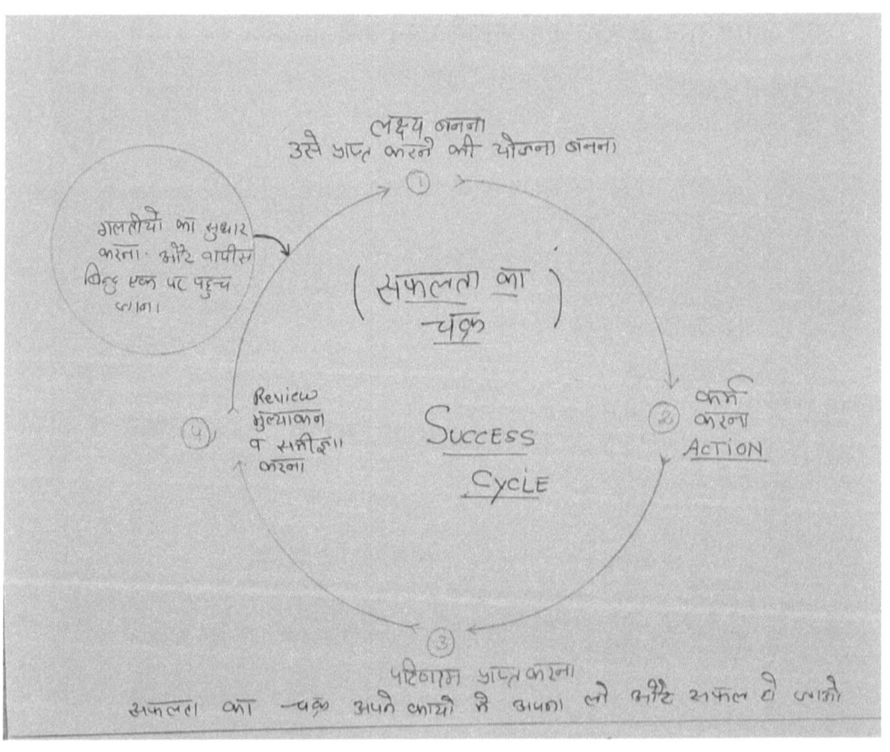

Success cycle

कोई काम करने से पहले हम उसे कार्य की योजना बनाते हैं। कौन सा काम कब किया जाएगा यह काम क्यों करना। जरूरी है पहले योजना तय होती है यानी उसका प्लान तय होता है।

फिर कार्य करने की बारी आती है। सही समय पर जैसा-जैसा योजना में हम वैसा वैसा कार्य करते हैं। हमको कुछ परिणाम प्राप्त होते हैं। परिणामों को हम मूल्यांकन करते हैं। कि हमने यह योजना बनाई थी यह कार्य से यह परिणाम निश्चित किया था और यह परिणाम आया है। इसमें कहां पर सुधार की गुंजाइश है। कौन-कौन से बदलाव करने पड़ेंगे और हम उन बदलावों को करते हैं फिर नहीं योजना बनाते हैं। फिर कार्य करते हैं फिर हमको परिणाम प्राप्त होते हैं फिर मूल्यांकन करते हैं। मूल्यांकन से हमें सुधारो का या सुधार करने का नया दृष्टिकोण प्राप्त होता है। फिर सुधार करके नई योजना बनाते हैं। इसी तरह यह चक्कर चलता रहता है जो भी लोग आज तक सफल हुए हैं वह इस चक्र गुजरा आवश्यक है। अगर आप इस चक्कर के अंदर आ गए तो आपको सफलता से कोई नहीं रोक सकता।

जब हम मूल्यांकन कर रहे होते हैं तो कौन-कौन सी गलतियां हमने की है जिस वजह से यह हमारा कार्य का जो परिणाम प्राप्त होना था वह नहीं हुआ या ज्यादा हुआ उन गलतियों को लगातार सुधार करते जाते हैं। सुधारते सुधारते इसी चक्र में इतना आगे बढ़ जाते हैं की सफलता के आसमान को चूम लेते हैं।

अब देखिए आप आप इस चक्कर के अंदर है या इस चक्कर से बाहर है और ज्यादातर लोग इस चक्र से हमेशा बाहर ही होते हैं। और इसलिए वह सफलता से भी दूर रहते हैं चक्कर के अंदर आना ही सफलता का पहला कदम है।

आपके पास धन कम है रिश्ते अच्छे नहीं है आपका स्वास्थ्य अच्छा नहीं है या कोई भी समस्या हो वैसे सिर्फ इस बात का द्योतक है कि आप इस चक्र से बाहर है। आप इस चक्र को एक चाबी की तरह देखें जो हर सफलता की चाबी है।

अब आप बताइए कि आप इस चक्र के अंदर रहकर कर्म कर रहे हैं या चक्र से बाहर के है।

एक उदाहरण से समझते हैं

एक ग्रहणी को₹5000 घर खर्च के लिए दिए जाते हैं। वह बिना सोचे समझे खर्च करती है और खत्म होने के बाद सोचती है। अब क्या करें यह सफलता का रास्ता है यानी वह इस चक्र के अंदर काम नहीं कर रही है। लेकिन घर का खर्च 7000 में चला पाती है।

अब ग्रहणी पहले योजना बनाती है₹5000 से घर खर्च कैसे चलेगा मैं पूरे विस्तार से इसकी योजना बनाती है। योजना के कार्य करती है और घर का घर 5600 आता है। और मैं फिर इसका मूल्यांकन करती है कि कहां पर गलती हुई कहां पर खर्च कम किया जा सकता था। वह फिर योजना बनाती है और फिर उसे पर कार्य करना शुरू कर देती है और खर्चा 4500 रुपए आ जाता है₹500 की बचत।

आपने देखा एक ग्रहणी ने किस तरह से इस चक्र का इस्तेमाल करके अपने खर्चे को कम कर लिया।, बचत ही तो कमाई है। आप इसको विपरीत अपनी आय में भी इस्तेमाल कर सकते हैं।

आप ट्रैक्टर खरीदते हैं या कोई और व्यापार करते हैं। आपके सामने जो काम आता है वह करते हैं और कुछ पैसे कमाते हैं यह असफलता की निशानी है।

अब आप कल्पना करें आप लक्ष्य बनाते हैं। महीने की पहली तारीख को और उसकी योजना बनाते हैं। पूरा महीना उसके कार्य करते हैं। आप एक-एक रुपए का हिसाब रखते हैं और 30 तारीख को आप उसका मूल्यांकन करते हैं आपने कितना कमाया कितना खर्च हुआ हम मान लेते हैं। आप ₹50000 कमाते हैं अब एक नया लक्ष्य बनाते हैं जिसमें ₹100000 कामना है फिर आप उसकी योजना बनाते हैं। आप उसे पर कार्य करते हैं बारीकी से और मैं की 30 तारीख को फिर उसका मूल्यांकन करते हैं फिर नया लक्ष्य है फिर नया परिणाम फिर नया योजना बस यह चक्र आपको आमिर कर देगा। इसीलिए तो इसको सफलता का चक्र बोला जाता है।

कार्य योजना

अपना लक्ष्य बनाएं योजना बनाएं मूल्यांकन करें। फिर लक्ष्य बनाई योजना बनाएं कार्य करें। मूल्यांकन करें फिर लक्ष्य बनाएं बस इसी तरह आगेबढ़ते रहे।

खंड 2

Chapter 24
बाहर का ट्रैक्टर

इस खंड में ट्रैक्टर की तकनीकी जानकारी को समझेंगे ताकि जब हम ट्रैक्टर खरीदे हमको यह समझ हो कौन सा ट्रैक्टर सही है। किस काम के लिए सही है अगर हम गलत ट्रैक्टर खरीद लेते हैं तो हमारा काम भी नहीं होता और पैसे भी बर्बाद होते हैं।

ट्रैक्टर से अमीर बनने वाले किसान अलग-अलग ट्रैक्टर नहीं खरीदते वह ट्रैक्टर को अलग तरीके से चलाते हैं ...

गुरदीप सिंह

ट्रैक्टर

ट्रैक्टर का इतिहास शुरू 19वीं शताब्दी से देखने को मिलता है। 1812 में पहली बार मक्के निकालना का थ्रेसर चलाया गया। यह भाप की इंजन से चलाया गया के इंजन से चलाया गया था। लगातार सुधार के बाद 1839 में आप के इंजन को ट्रैक्टर में लगाया गया इसमें एक बहुत बड़ा फ्लाईव्हील लगा होता था। किसका निर्माण विलियम टेक्स फोर्ड ने किया था। 1850 में जॉन फ्लाइट ने पहली बार डेमो किया और जमीन खुदाई वह धुलाई का काम किया।

(स्रोत ट्रैक्टर विकिपीडिया)

शुरू में ट्रैक्टर को ट्रेक्शन इंजन कहते थे। सबसे पहले पेरिस में बाप की इंजन की मशीन से खेतों में पलाऊ चलाया गया। यह 1860 की बात है और इसका इंजन स्टीम पावर डिवीजन था। यानी यह वाष्प चलीत इंजन था। और इनको स्टीम पावरट्रैक्शन इंजन कहते थे।

1902 में गैसोलीन व पेट्रोल के इंजन का निर्माण किया उसके द्वारा तीन पहिए वाला ट्रैक्शन इंजन बनाया गया इस तरह से लगातार विकास और सुधार करते हुए एक सिलेंडर का फिर दो सिलेंडर का ट्रैक्शन इंजन का निर्माण हुआ।

लगातार सुधार और अविष्कार करते-करते आज के युग के ट्रैक्शन इंजन का नाम ट्रैक्टर हो गया। और एक यांत्रिक क्रांति हुई कृषि में पशुओं का बहुत ज्यादा उपयोग होता था। फिर रासायनिक ऊर्जा को यांत्रिक का ऊर्जा में बदलकर यांत्रिकी ऊर्जा का कृषि में इस्तेमाल करना और उपयोग में लाया जाने लगा।

भारत की आजादी से पहले कुछ मात्रा में ट्रैक्टर उपयोग में ले जाते थे ज्यादातर कृषि बैलों से की जाती थी। 1975 में मेरा जन्म हुआ और मेरे बचपन के अंदर मेरे गांव में एक भी ट्रैक्टर नहीं था। सारी खेती जानवरों के भरोसे होती थी बैलगाड़ियां होती थी ऊंट गाड़ियां होती थी। कोई कोई बस गांव से शहर को जाती थी। अब यांत्रिकी क्रांति आ चुकी है। हर काम यांत्रिकी से होता है। आज का युग में यह सबसे बड़ा वरदान है पर वरदान कुछ-कुछ दुर्भाग्य लेकर भी साथ में आता है। इंसान अपनी सच्ची सार्थकता को छोड़ झूठा दिखावा करने की आदत बना लेता है। अगर आप यह नहीं करते हैं तो आप सच्ची सफलता में विश्वास करते हैं आप बहुत भाग्य वाले हैं।

यह आप इसे समझ सकते हैं पंजाब के अंदर मान लेते हैं की एक लाख ट्रैक्टरों की जरूरत है। पूरी खेती करने के लिए लेकिन आज पंजाब में 2 गुना ट्रैक्टर हैं। और फिर भी बहुत सारे ट्रैक्टर आज भी पंजाब में बिकते हैं। क्यों सिर्फ दिखावे को लेकर। तो हम सच्चा काम छोड़कर कुछ और करने लग गए हैं। क्या। आप किसी और को अमीर बनने में लग जाओ तो आप अमीर बन सकते हो। अगर आपने किसी और को अमीर नहीं बनाया तो आप कभी अमीर नहीं बन सकते।

उदाहरण के लिए समझते हैं

जबलपुर नाम का एक गांव है। इसके गांव में खेती करने के लिए पांच ट्रैक्टरों की जरूरत है। ट्रैक्टर सिर्फ दो है। सारा गांव एकजुट है सारे गांव वाले मिलकर रहते हैं सारे गांव वाले मिलकर यह निर्णय लेते हैं हमें तीन ट्रैक्टर और चाहिए। और यह लोग मिलकर तीन ट्रैक्टर खरीदने का निर्णय लेते हैं। मैं उन लोगों को चुनाव करते हैं जिनके पास अधिक पैसा है और सारे गांव वाले मदद कर कर नगद में तीन ट्रैक्टर और खरीद के लाते हैं। उनके यंत्र भी खरीद कर लाते हैं आप पूरे गांव के पास सारी यंत्र है

और पूरी खेती करने के लिए पांच ट्रैक्टरहै। और यह पांचो ट्रैक्टर के मालिक नियम से सभी ट्रैक्टरों से सभी खेती का काम समय पर करते हैं। उचित मात्रा में पैसे लेते हैं और अच्छी तरह से काम करतेहैं। अब आप कल्पना कर सकते हैं गांव का पैसा गांव में ही रहेगा और खेती भी अच्छी होगी और पूरा गांव अमीर हो जाएगा। सारे गांव के पास पैसा ज्यादा होगा क्योंकि पैसा गांव के बाहर नहीं जा रहा है ना तो ब्याज के रूप में और ना ही अन्य ट्रैक्टर वाला वहां से पैसे कमा कर बाहर जाता है। तो यह गांव में अमीर हो जाएगा इसी तरह के गांव मैं आंध्र प्रदेश में देखे हैं हर घर बाहर लगभग 40 लाख की गाड़ी खड़ी हुईहै। इसी तरह तेलंगाना में निजामाबाद डिस्ट्रिक्ट में पांच गांव में इन गांव में हम ट्रैक्टर बेचने जाते थे अपने रेट से भी कम ट्रैक्टर देख आते थे। इस समय नगद पैसा दे दिया जाता था और सारे ट्रैक्टर नगर में खरीदे जाते हैं कोई लोन नहीं और कोई उधारी नहीं।

इसके विपरीत कल्पना करें एक गांव में पांच ट्रैक्टर हैं। लेकिन कुछ लोग अपने हम और ईगो की वजह से अपने को बड़ा दिखाने के लिए हर घर में ट्रैक्टर खरीद लाते हैं। तो आपने क्या किया अपने ट्रैक्टर कंपनी वालों को बैंक वालों को डीजल बेचने वालों को मिस्त्रियों को अमीर कर दिया। जबकि अपने गांव का पैसा बाहर चला गया आपका गांव ज्यादा पैसे वाला हो ही नहीं सकता और आज लगभग भारत के सभी गांव की यही हालत है क्योंकि मिलजुल कर रहने वाला जो पुराना समय था। वह कहीं खो सा गया है।

ट्रैक्टर की पूरी जानकारी पूरी समझ होना बहुत आवश्यक है। इंजन से लेकर ट्रैक्टर हर अंदरूनी पार्ट कैसे काम करता है। इसको विस्तार से समझते हैं।

ट्रैक्टर के मुख्यतः निम्न हिस्से होते हैं।

1. इंजन।

2. क्लच।

3. गियरबॉक्स।

4. कूलिंग सिस्टम।

5. हाइड्रोलिक सिस्टम।

6. फाइनल रिडक्शन।

7. पावर टेक आफ शाफ्ट पीटीओ।

8. स्टेरिंग सिस्टम।

9. टू व्हील ड्राइव फोर व्हील ड्राइव।

10. ब्रेक सिस्टम।

11. डिफरेंशियललॉक।

12. एयर क्लीनर।

13. ईंधनडिलीवरी।

14. इलेक्ट्रिक सिस्टम।

इंजन

ट्रैक्टर का सबसे महत्वपूर्ण हिस्सा इंजन होता है। सारी दुनिया में सभी वाहनों में यह हिस्सा सबसे महत्वपूर्ण होता है। इसीलिए इसको विस्तार से समझना अति आवश्यक है।

ट्रैक्टर में मुख्या निम्न प्रकार की इंजन पाए जाते हैं।

1. डी आई इंजन।

2. ऐवियल इंजन।

3. सीआरडीआई इंजन।

4. टर्बो इंजन।

1. भारत में मुख्या डायरेक्ट इंजेक्शन ही इंजन की उपयोग में ले जाते हैं। यह चार स्ट्रोक इंजन होते हैं अब यह चार स्ट्रोक क्या होते हैं इनको समझ लेते हैं।

जैसा कि आपने इंजन देखा होगा इंजन के अंदर एक पिस्टन होता है। उसके ऊपर दो वाल्व होते हैं और एक इंजेक्टर होता है।

एक बाल से हवा अंदर आती है दूसरे वालों से धुआं बाहर जाता है। इंजेक्टर से हम ईंधन को अत्यधिक दबाव पर सिलेंडर में स्प्रे करते हैं।

सारा खेल यहीं पर होता है लिए आप पहले स्ट्रोक समझते हैं।

पहले स्ट्रोक में में हवा अंदर आने वाला वालव खुला जाता है। पिस्टन नीचे की ओर जाता है जैसे ही पिस्टन नीचे वाली स्थिति पर पहुंचता है वालव वाला बाल बंद हो जाता है इसको हम पहले स्ट्रोक कहते हैं।

दूसरा स्ट्रोक इसमें अब पिस्टन ऊपर जाना स्टार्ट हो जाता है और हवा को 17 अनुपात 1में दबा देता है। वहां पर टेंपरेचर 400 से डिग्री से ज्यादा यानी तापमान 400 डिग्री सेंटीग्रेड से ज्यादा हो जाता है। जब पिस्टन सबसे ऊपरी स्थिति पर पहुंचता है इस समय पर डीजल का स्प्रे होता है।

अब तीसरा स्ट्रोक जैसे ही डीजल जलता है। वह बहुत मात्रा में दबाव पैदा करता है जो पिस्टन पर लगता है। पिस्टन नीचे की ओर तेजी से यात्रा करता है इसे हम पावर स्ट्रोक भी कहते हैं। पिस्टन बिल्कुल नीचे वाली स्थिति पर पहुंच जाता है।

चौथा स्ट्रोक इस स्ट्रोक में जब पिस्टन सबसे नीचे वाली स्थिति में होता है। सिलेंडर में जली हुई कैसे हैं यहां पर निकासी वालव खुल जाता है और धुआं बाहर जाना शुरू हो जाता है और पिस्टन ऊपर की ओर यात्रा करता है।

जैसा चरित्र में दिखाया गया है आप चित्र से समझ सकते हैं।

पहले स्ट्रोक सक्शन स्ट्रोक कहते हैं दूसरे स्ट्रोक को कंप्रेसर स्ट्रोक कहते हैं तीसरी स्ट्रोक को पावर स्ट्रोक कहते हैं और चौथे स्ट्रोक को निकासी स्ट्रोक कहते हैं। यह तकनीकी भाषा है आप जानो तो अच्छा है ना जानो तो भी कोई बात नहीं।

आप समझ चुके होंगे ट्रैक्टर का इंजन कैसे काम करता है और कौन सा इंजन सबसे अच्छा होता है। वह डी आई इंजन सबसे अच्छा होता है जिसमें डीजल बहुत अच्छी तरह जल जाता है। इंजन में अधिक ताकत का व्यय नहीं होता वह इंजन सबसे अच्छा होता है। वह घर्षण से होता है जिस इंजन में घर्षण काम होता है। लुब्रिकेशन अच्छा होता हे वह इंजन बहुत अच्छा होता है।.

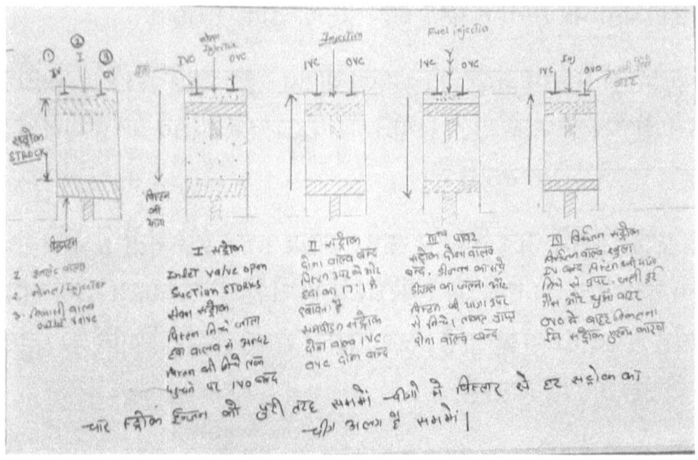

अब प्रश्न उठता है की इंजन को ताकत तो सिर्फ पावर स्ट्रोक नहीं मिलती है बाकी स्ट्रोक में क्या होता है। तो, दोस्तों जो इंजन में फ्लाईव्हील होता है वह ऊर्जा को संरक्षित कर लेता है। दूसरे स्ट्रोक में उसी से ही वह ऊर्जा का इस्तेमाल करके सारे स्ट्रोकऑने को पूर्ण करता है। आप समझ ही गए होंगे जब पुराना इंजन देखे होंगे जो एक सिलेंडर होते थे उनका फ्लाईव्हील बहुत बड़ा होता था। जैसे-जैसे सिलेंडर बढ़ते जाते हैं वैसे-वैसे फ्लाईव्हील छोटा होता जाता है आजकल कुछ वैज्ञानिकों ने ऐसी इंजन बना दिए हैं जिसमें बहुत सारे सिलेंडर होते हैं फ्लाईव्हील की जरूरत ही नहीं होती।

अब बात करते हैं कौन सा ट्रैक्टर अच्छा होता है

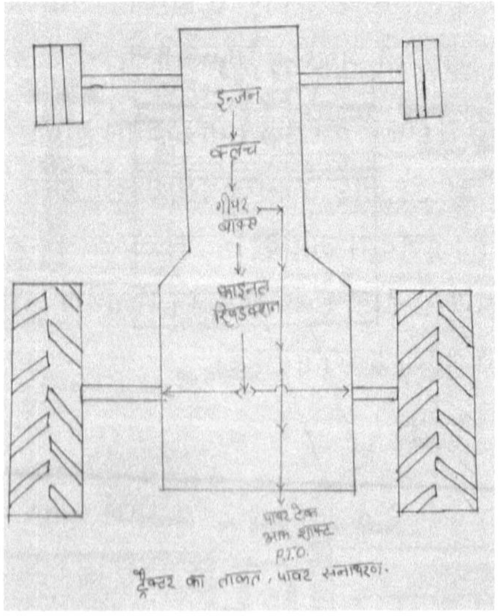

पावर इंजन में पैदा होती है। फिर क्लच बॉक्स में जाती है। फिर गियर बॉक्स में जाती है। वहां से एक हिस्सा पीटीओ को चला जाता है और दूसरा हिस्सा डिफरेंशियल में जाता है फिर फाइनल रिडक्शन और टायरों तक ताकत पहुंचती है।

ट्रैक्टर सारे अच्छा होता है जो इस पूरी प्रक्रिया में सबसे कम घर्षण में ऊर्जा व्यय करता है ज्यादा ताकत टायरों तक पहुंचाता है। वह ट्रैक्टर सबसे अच्छा होता है।

इंजन को विस्तार से समझते हैं।

1. डायरेक्ट इंजेक्शन इंजन जिसको हम DI इंजन भी कहते हैं

जैसा की इंजन का विकास होते-होते हम यहां तक पहुंचे हैं डायरेक्ट इंजेक्शन इंजन एक ऐसी तकनीक थी जिससे डीजल का स्प्रे सीधा पिस्टन के ऊपर किया जाता है। जैसा कि शब्द से ही समझा जा सकता है डायरेक्ट मतलब सीधा सिलेंडर में स्प्रे करना। जैसा कि स्ट्रोक्स में बताया है की पावर स्ट्रोक के अंदर डीजल का स्प्रे सीधा पिस्टन के ऊपर किया जाता है। डायरेक्ट इंजेक्शन इंजन में पिस्टन की बनावट कुछ इस तरह से की जाती है उसमें एक अर्ध गोलाकार पिस्टन के बीचो-बीच एक खाई जगह बनाई जाती है। उसमें एक मंदिर नुमा जाकर बनाया जाता है। मंदिर की इस चोटी पर डीजल स्प्रे किया जाता है जिससे वह पूरी तरह फैल के जल जाता है और इससे बहुत सारी ताकत पैदा होती है क्योंकि डीजल का सही जालना ज्यादा ताकत बनाने का द्योतक है। इसलिए जब से डीजल इंजन डायरेक्ट इंजेक्शन वाले ट्रैक्टरों में आए डीजल की खपत कम हो गई और ट्रैक्टर ज्यादा दक्षता वाले बन गए।

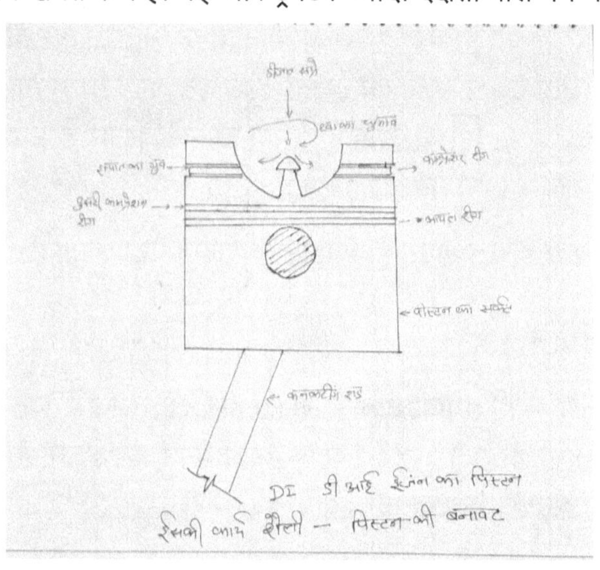

पिस्टन के चित्र में आप देख सकते हैं यह पिस्टन किस तरह का होता है।

इससे पहले जो साधारण इंजन आते थे उनका यह खाई नुमा जगह दूसरी जगह बनाई जाती थी जिसमें डीजल का स्प्रे किया जाता था जो अलग एक जगह होती थी पिस्टन के साइड में ऊपर की तरफ पहले वाले साधारण इंजन इस तरह के होते थे। और उनके पिस्टन ऊपर से पूरी तरह समतल होते थे जबकि आजकल डायरेक्ट इंजेक्शन के इंजन जैसा चरित्र में दिखाया गया उसे प्रकार के होते हैं।

आजकल सभी ट्रैक्टरों में डायरेक्ट इंजेक्शन इंजन ही आते हैं।

डायरेक्ट इंजेक्शन इंजन में गवर्नर यांत्रिक होता है यानी मैकेनिक गवर्नर होता है गवर्नर वह व्यवस्था है। जिससे इंजन को कब कितना डीजल जाना चाहिए यह तय होता है।

CRDI engine

सीआरडीआई इंजन

सीआरडीआई इंजन यह मुख्ता बड़े ट्रैक्टरों में आता है यह भी डायरेक्ट इंजेक्शन होता है। लेकिन इसका गवर्नर इलेक्ट्रॉनिक गवर्नर होता है यानी इस इंजन में एक ऐसा दिमाग लगा होता है। कंप्यूटर जैसी चिप लगी होती है जो यह तय करती है कि सिलेंडर में कितना डीजल भेजना है। यह डीजल की मात्रा बहुत नियंत्रित कर देते हैं जिस वजह से ट्रैक्टर की दक्षता ट्रैक्टर इंजन की दक्षता बहुत बढ़ जाती है। महंगा होने की वजह से यह बड़े ट्रैक्टरों में ही लगाया जाता है इसको चित्र में विस्तार से समझते हैं यह चित्र ईंधन डिलीवरी जब बताएंगे तब विस्तार से बताएंगे।

यह इंजन कम डीजल खपत में ज्यादा तक ताकत पैदा करता है।

टर्बोचार्जर इंजन

यह भी बड़े ट्रैक्टरों में ही लगाया जाता है जो 60 हॉर्स पावर से बड़े ट्रैक्टर हैं उन्हें में यह पाया जाता है। टर्बो का मतलब है जो साफ हवा हमने इंजन भेजनी है उसको यांत्रिक की व्यवस्था से उसका दबाव बढ़कर ज्यादा हवा भेजी जाए ताकि इंजन की दक्षता बढ़

जाए। बस इसका काम हवा को ज्यादा दबाव में ज्यादा भेजना होता है इससे इंजन की दक्षता बढ़ जाती है।

ऐविएल इंजन

यह बहुत अच्छी तकनीक वाले इंजन होते हैं जिनके पिस्टन ग्रेफाइट कोटेड होते हैं। उसमें इस प्रकार की व्यवस्था होती। जब हवा इंजन के अंदर आ रही है वह घुमावदार रास्ते से होकर गुजरी जाती है ताकि घूमती हुई वह सिलेंडर में प्रवेश करें। फिर डीजल की स्प्रे द्वारा दूसरे तरफ घुमावदा रास्ता बनाया जाता है ताकि यह पूरी तरह से घूम कर डीजल की मिक्सिंग बहुत अच्छी तरह से कर दे। बहुत अच्छी ताकत प्राप्त हो और इस इंजन में घर्षण बहुत कम होता है जिस वजह से इन इंजनों की दक्षता बहुत अच्छी होती है डीजल की खपत कम करते हैं ताकत बहुत अच्छी होती है।

Chapter 25
Clutch
क्लच

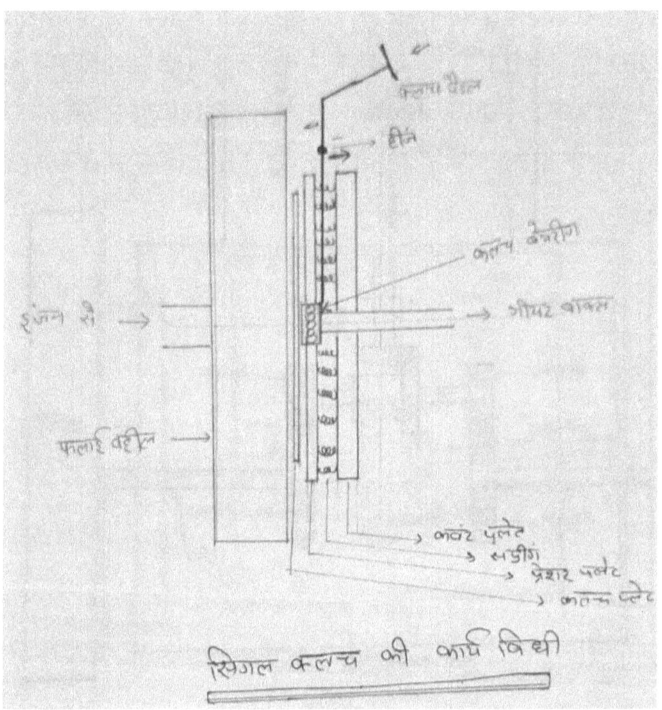

उपयोग के आधार पर तीन तरह के क्लच होती है।

1. सिंगलक्लच।

2. डुएल क्लच।

3. डबल क्लच।

क्लच के पदार्थ के आधार पर दो तरह केक्लच होते हैं।

1. ऑर्गेनिक क्लच प्लेट।

2. सीरेमैटेलिक क्लच प्लेट।

अब क्लच को विस्तार से समझते हैं

क्लच एक ऐसी व्यवस्था होती है जो इंजन से आने वाली ताकत को गियर बॉक्स में जोड़ना व हटाने का कार्य करता है।

दूसरी भाषा में कहें तो यह ट्रैक्टर में ऐसा सिस्टम होता है जो एक स्विच की तरह काम करता है जब हमारे घर में बिजली का बल्ब जलाना होता है तो हम स्विच को ऑन करते हैं। तो लाइट जल जाती है इसी तरह से जब बंद करना होता है तो ऑफ कर देते हैं। इसी तरह से इंजन की आने वाली ताकत को गियर बॉक्स में कब भेजना है या बंद करना है इसका निर्धारण क्लच के द्वारा होता है। जब हम क्लच दबाते हैं तो ताकत स्थानांतरण रुक जाता है जब छोड़ते हैं तो शुरू हो जाता है।

सिंगल क्लच

इस क्लच को इस्तेमाल करने के लिए जब हम क्लच को दबाते हैं। तो गियर बॉक्स में ताकत जाना बंद हो जाता है और छोड़ते हैं तो गियरबॉक्स में ताकत जानी शुरू हो जाती है यानी आपका पीटीओ और गति दोनों रुक जाते हैं जब छोड़ते हैं तो शुरू हो जाती है।

इस क्लच की कमी...

पीटीओ से चलने वाले उपकरण में बहुत दिक्कत होती है क्योंकि जैसे ही क्लच दबाते हैं। पीटीओ भी बंद क्योंकि जैसे ही क्लच दबाते हैं पीटीओ भी बंद हो जाता है और ट्रैक्टर की गति भी बंद हो जाती है।

क्लच के उपयोग

इंजन की ताकत को गियर बॉक्स को जोड़ना अलग-अलग करने का काम करता है।

इंजन की ताकत को धीरे-धीरे बिना झटक दिये गैर बदलना और काम को आगे बढ़ना।

इंजन शुरू करने के लिए न्यूट्रल पोजीशन प्रदान करना।

बिना आवाज के गियर बदलना।

अगर ट्रैक्टर का इंजन शुरू है तो न्यूट्रल पोजीशन प्रदान करना ताकि ट्रैक्टर खड़ा रह सके इंजन शुरू में भी।

इस क्लच की अच्छाइयां...

इसकी उम्र बहुत लंबी होती है।

रखरखाव में आसानी होती है।

भारत में 35 हॉर्स पावर के ट्रैक्टर लगभग सिंगल क्लच ही आते हैं।

डुएल क्लच:-इस क्लच प्लेट में दो प्लेट होती हैं एक प्लेट गियर बॉक्स के लिए दूसरी प्लेट पी टी ओ के लिए.

जब हम आधा क्लच दबाते हैं तो पीटीओ रुक जाता है जब पूरा क्लच दबाते हैं। तो ट्रैक्टर की गति भी रुक जाती है

यह बहुत उपयोगी साबित होता है। जब पीटीओ चलित उपकरण चलते हैं।

जैसे रोटावेटर, मूंगफली चुगाई मशीन, आलू चुगाई मशीन, तुड़ी बनाने वाली मशीन, हार्वेस्टर आदि।

डबल क्लच:-डबल क्लच वाले ट्रैक्टर मे पीटीओ क्लच के लिए अलग से एक लिवर दिया होता है। जो क्लच का कार्य करता है यानी जब आप ट्रैक्टर को रोकना चाहे तो ट्रैक्टर को रोक ले जब पीटीओ को बंद करना चाहे तो पीटीओ को बंद कर ले।

यह पावर टेक ऑफ चलित उपकरणों के लिए बहुत ज्यादा उपयोगी होता है। मुख्ता हार्वेस्टर चलाना अन्य बड़े उपकरण चलाना जैसे बैक हो लोडर आदि।

और अब आपको ध्यान रखकर ट्रैक्टर खरीदना है आप कौन से उपकरण चलाना चाहते हैं और किस तरह का क्लच आपको चाहिए उसे तरह का क्लच का निर्णय ले..|

Chapter 26
Gear box
गियरबॉक्स

ट्रैक्टर में मुख्ता तीन प्रकार के होते हैं।

1. स्लाइडिंग मैच गियरबॉक्स।

2. कांस्टेंट मेश गियरबॉक्स।

3. सिंक्रोमेश गियरबॉक्स।

स्लाइडिंग मैश गियरबॉक्स:-

जैसा कि नाम से ही स्लाइडिंग शब्द आया है यानी सरकाकर कर एक गियर को दूसरे गैर पर चढ़ना।

गियर बॉक्स में मुख्यतः दो शाफ्ट होती हैं में शाफ्ट और काउंटर शाफ्ट दोनों शाफ्टों पर गियर लगे होते हैं। जैसा की चित्र में दिखाया गया। न्यूट्रल पोजीशन के अंदर गियर अलग-अलग होते हैं और गियर को लगाने के लिए उसको आगे या पीछे धकेल कर दूसरे गीयर पर चढ़ा दिया जाता है।

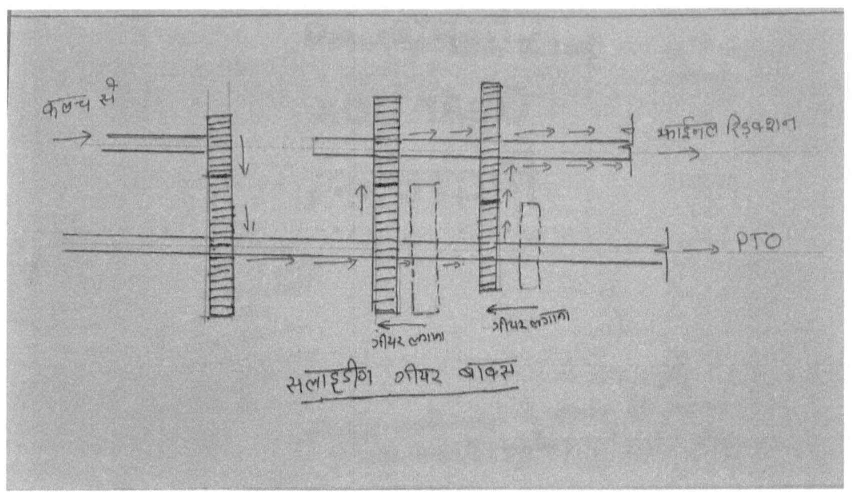

मुख्य शाफ्ट से ताकत पीछे टायरों तक जाती है और काउंटर शाफ्ट से ताकत पीटीओ को जाती है।

अच्छाइयां ...

1.   यह टार्क को बहुत अच्छी तरह से स्थानांतरित करता है।

2.   रखरखाव का खर्चा कम होता है।

3.   मिश्री आसानी से मरम्मत कर सकते हैं।

4.   गीयर की गरारियां बहुत सस्ती होती है।

कमियां ...

1.   ट्रैक्टर चलाते हुए गियर बदलने लगभग नामुमकिन है ट्रैक्टर को रोक के ही बदल सकते हैं।

2.   बदलते समय बहुत सारी आवाज करता है।

3.   सही तरह से नहीं बदले तो टूटने का खतरा बहुत ज्यादा होता है।

भारत में पुराने ट्रैक्टरों में यही गियर बॉक्स आता था. बहुत सारी कंपनियां आज भी यही कर गियर बॉक्स देती है।

कांस्टेंट मैश गियरबॉक्स:-

कांस्टेंट मेश गियरबॉक्स में सभी गियर एक दूसरे पर लगे रहते हैं। यानी वह हमेशा एक दूसरे के संपर्क में रहते हैं। सिर्फ शिफ्टिंग कालर को सरका कर गीयर को लगाना या हटाने का कार्य किया जाता है।

जैसा कि आप चित्र में देख सकते हैं ...

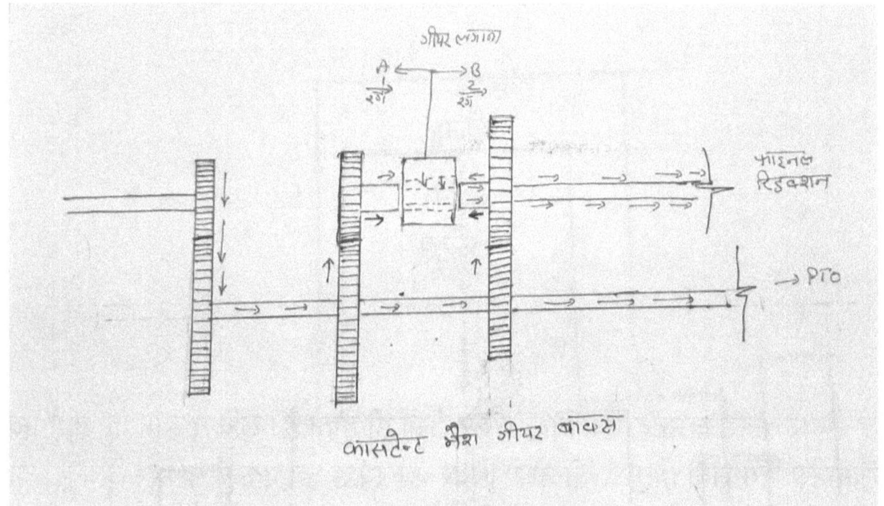

अच्छाइयां:-

1. आसानी से गैर बदल सकते हैं बिना आवाज के।

2. चलते हुए ट्रैक्टर में भी गीयर बदल सकते हैं।

कमियां:-सभी गीयर एक दूसरे पर लगे होते हैं और लगातार सभी घूमते रहते हैं इसे घिसने का खतरा बढ़ जाता है। उनकी उम्र कम होती है टारक भी मध्य में ट्रांसफर होता है।

सिंक्रोमिस गियरबॉक्स:-

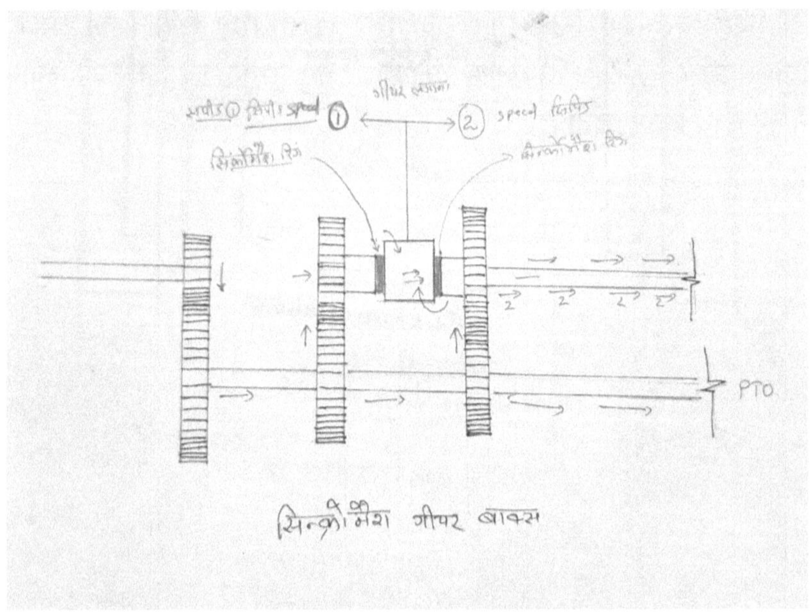

यह गियर बॉक्स कांस्टेंट मेश गियरबॉक्स जैसा ही होता है। लेकिन डॉग के आगे एक सिंक्रोनस रिंग लगी होती है जो दोनों गियर की स्पीड को एक जैसा कर देता है। यह आसानी से गियर लग जाता है। इसकी सबसे बड़ी अच्छाई, आप किसी स्पीड में भी इसको बदल सकते हैं और आसानी से बदल सकते हैं।

इसकी अच्छाइयां इसको एक से दूसरे गियर को बदलना बहुत आसान होता है लेकिन यह बहुत महंगा होता है।

Chapter 27
Power take off shaft
पावर टेक आफ शाफ्ट।

जैसा कि नाम से ही विदित है। ऐसी शाफ्ट जिसमें से ताकत इंजन से लेकर बाहर किसी उपकरण में उपयोग गें लाई जाती है। उसे पावर टेक आफ शाफ्ट कहते हैं।

इसको मुख्ता निबंध भागों में बांट सकते हैं।

चक्र के आधार पर।

1. 540 आरपीएम 6 झीरी सप्लाईन।

2. 1000 आरपीएम 21 सप्लाईन।

उपयोग के पर आधार पर निबंध प्रकार के होते हैं।

1. एमआरपीटीओ।

2. ग्राउंड पीटीओ।

3. इकोनामिक पीटीओ।

4. लाइव पीटीओ।

5. आई पीटीओ।

6. रिवर्स पीटीओ।

540 /1000 भारत में मुख्यतः 540 चक्कर वाले ट्रैक्टर ही आते हैं। इसी के सारे उपकरण बनाए जाते हैं और इसकी शाफ्ट के अंदर 6 सप्लाईन होते हैं।

1000 चक्र वाले ट्रैक्टरों में 21 सप्लाईन होते हैं।

अब सभी पीटीओ को विस्तार से समझ लेते हैं।

एमआरपीटीओ :-इसको मल्टी रिवर्स पीटीओ भी कहते हैं। इसमें 540 के अलावा बहुत सारे अलग-अलग चक्कर अलग-अलग गियर में प्राप्त किया जा सकते हैं। 300 से लेकर 1300 तक अलग-अलग चक्कर प्राप्त होते हैं जब एमआरपीटीओ का लीवर इंगेज करते हैं जितनी गियर आगे लगाते हैं। तो पीटीओ आगे की ओर यानी सही दिशा में चक्कर देता है जैसे ही बैक गियर लगते हैं तो पीटीओ उल्टा घूमने शुरू हो जाता है। तो इस तरह से आप आगे और पीछे किसी तरह भी पीटीओ को घुमा सकते तो इस तरह से आप आगे और पीछे किसी तरह भी चक्र को प्राप्त कर सकते हैं।

प्रमुख से सारे उपकरण 540 पर ही चलते हैं। यह सिर्फ पानी के पंप, अल्टरनेटर और ट्रैक्टर की रुकी हुई अवस्था में ही प्राप्त किए जाते हैं।

इकोनामिक पीटीओ: इसमें इस व्यवस्था में आपको 540 के अलावा ट्रैक्टर की कम आरपीएम पर भी 540 आरपीएम उपलब्ध होते हैं ताकि आप हल्का कम करो तो पीटीओ का इस्तेमाल कर कर डीजल की खपत को कम कर सकें।

ग्राउंड पीटिओ: इस तरह की व्यवस्था में हमें जमीन की स्पीड के हिसाब से ही पीछे चक्कर प्राप्त होते हैं जैसे ट्रैक्टर का टायर एक चक्कर घूमेगा तो पीछे पावर टेक सॉफ्ट भी एक ही चक्कर घूमेगी इसको मुख्यतः जो पावर ऑपरेटेड ट्रॉली में इस्तेमाल किया जाता है पर इसका बहुत ज्यादा इस्तेमाल नहीं होता है।

इंडिपेंडेंस पीटीओ: इसको आई पी टी ओ भी कहते हैं

जिन ट्रैक्टरों में डबल क्लच होता है उनमें यह स्वत ही काम करता है। यानी जब आपको गति में चलना है तो पैर का क्लच का उपयोग होता है और जब आपको पावर टेक आफ शाफ्ट को चलना है तो आप उसका अलग लीवर इस्तेमाल करते हैं। और यह आपको पूरी तरह से स्वतंत्रता देता है कि जब भी पावर टेक आफ शाफ्ट को इस्तेमाल करना है कर लो नहीं तो बंद कर दो।

लाइव पीटीओ: जब डुएल क्लच का इस्तेमाल होता इस तरह का पीटीओ होता है

यानी आप ट्रैक्टर की स्पीड को रोक सके फिर भी पीटीओ चला रहे।

लेकिन सबसे महत्वपूर्ण बात यह है हमें सिर्फ 540 का ही सबसे ज्यादा काम होता है। बाकी सब का इस्तेमाल या उपयोग बहुत ही काम होता है। लेकिन ट्रैक्टर लेते समय

जब हम या लेते हैं तो इसमें कीमत बहुत बढ़ जाती है जिस वजह से किसानों को यह बहुत महंगा पड़ता है।

फाइनल रिडक्शन सिस्टम

रिडक्शन की क्या जरूरत है? क्योंकि ट्रैक्टर में खींचने की ताकत को पैदा करने के लिए। पीटीओ भी ताकत से ही चलता है तो इंजन में 2200 आरपीएम पैर खींचने की पूरी ताकत बनती है। लेकिन इसके आरपीएम को कम कर कर 540 पीटीओ में करना इसके आरपीएम को कम कर कर 540 पीटीओ में करना होता है। टायरों में और भी कम आरपीएम चाहिए होती है इसको प्राप्त करने के लिए आरपीएम को कम किया जाता है और ताकत को बढ़ाया जाता है इसी को ही रिडक्शन कहते हैं।

चित्र की सहायता से इसको विस्तार से समझते हैं जैसा कि फ्लो चार्ट में बताया गया है।

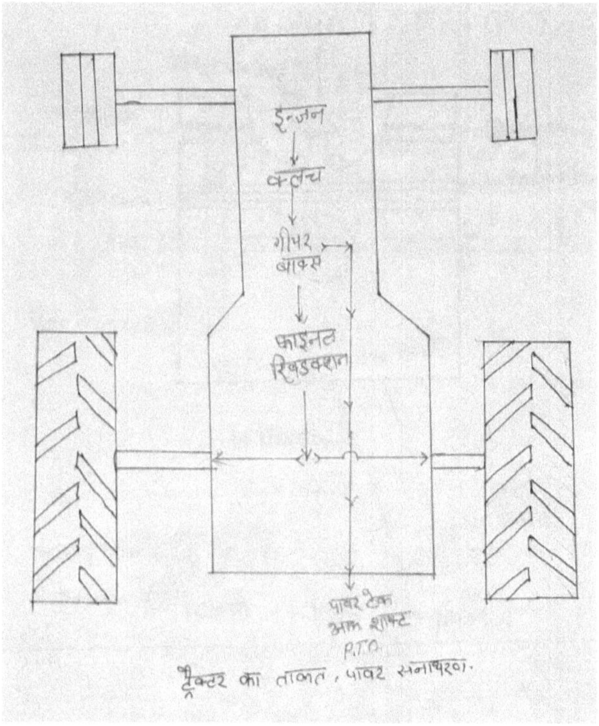

आपने देखा पहले ताकत इंजन में पैदा होती है फिर क्लच बॉक्स में जाती है। फिर गियर बॉक्स में जाती है। गियर बॉक्स से एक काउंटर शाफ्ट के द्वारा पीटीओ को चलाया जाता है। गियर बॉक्स में से मैं शाफ्ट से क्राउन पिनियन को और क्राउन

पिनियन से अगर डायरेक्ट एक्सेल है तो सीधा टायरों को चला जाता है नहीं तो फिर और रिडक्शन किया जाता है।

1. डायरेक्ट एक्सल क्राउन मिल पिनियन से सीधा टायरों को।

2. इन बोर्ड रिडक्शन क्रॉउन व्हील पिनियन से बुल पिनियन को फिर टायरों को ताकत जातीहै।

3. हब रिडक्शन में क्राउन पिनियन से हब में लगे पिनियन बुल को ताकत जाती है। बुल गीयर के साथ टायरों का एक्सेल जुड़ा होता है।

4. प्लेनेटरी रिडक्शन में क्रॉउन व्हील पिनियन फिर प्लेनेटरी रिडक्शन में फिर टायरों मैं ताकत जाती है जैसा चित्रों में दिखाया गया...|

डायरेक्ट एक्सल या सिंगल रिडक्शन:-

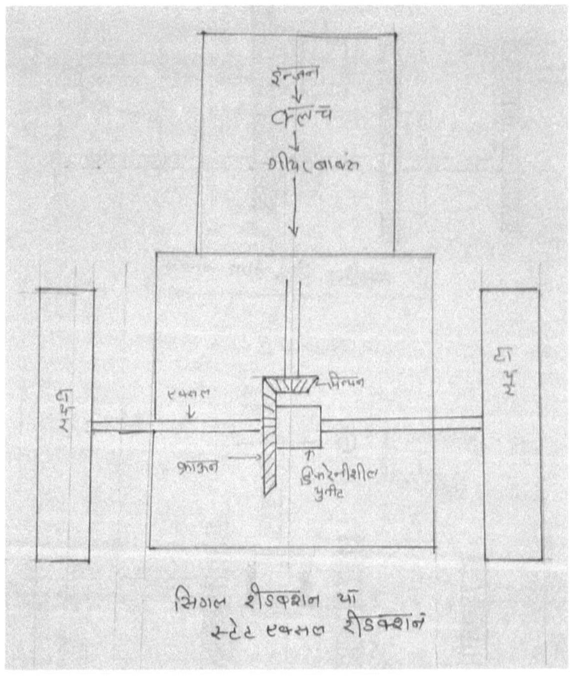

इस रिडक्शन में इंजन में ताकत पैदा होती है क्लच बॉक्स में आती है। फिर गीयर बॉक्स में और गियर बॉक्स से पिनियन को जाती है। पिनियन से क्राउन को और क्राउन से

सीधा डिफरेंशियल यूनिट को और डिफरेंशियल यूनिट में एक्सेल जुड़े होते हैं सीधा टायरों को ताकत चली जाती है।

यह छोटा ट्रैक्टर में बहुत अच्छा होता है क्योंकि बहुत सारे गियर नहीं होने की वजह से ताकत का नुकसान कम होता है। ज्यादा ताकत ट्रांसफर होती है जिससे डीजल की एवरेज बहुत अच्छी आती है। इस रिडक्शन की सबसे बड़ी कमी है अगर जोर से झटका आता है और ज्यादा लोड पड़ जाता है तो यह टूट जाता है। जहां पर भारी जमीन हो काली मिट्टी हो यह है रेतीली जमीन के अंदर यह रिडक्शन बहुत अच्छा होता है। जिस तरह राजस्थान के अंदर मैसी फर्ग्यूसन 1035 में बहुत ज्यादा इस्तेमाल होता है क्योंकि यह वहां पर तेल की बचत करता है और उपयोग में बहुत आसान है।

इन बोर्ड रिडक्शन।

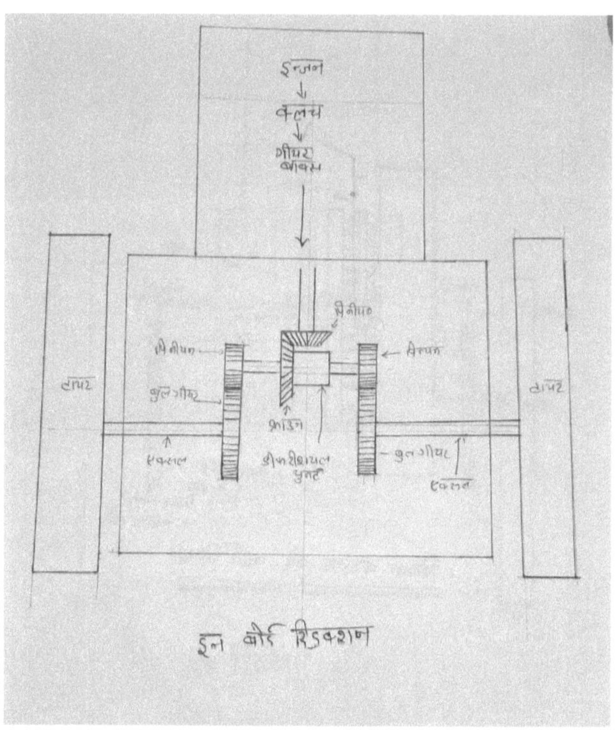

इंजन ताकत पैदा करता है। क्लच से होती हुई ताकत गियर बॉक्स में आती है गियर बॉक्स से पिनियन को और क्राउन को जाती है इसका क्राउन छोटा ताकत ज्यादा ट्रांसफर करने वाला होता हैं। क्राउन से फिर पिनियन फिर बुल गियर और बुल गैर से

एक्सेल जुड़े होते हैं। और यह सारी यूनिट एक बॉक्स के अंदर होती है इसीलिए इसको इन बोर्ड रिडक्शन कहते हैं।

किसका उपयोग मुख्यतः धान की खेती में किया जाता है। बहुत सारे ट्रैक्टरों में यह उपलब्ध है। क्योंकि रिडक्शन एक बॉक्स के अंदर बंद है तो पानी जाने का खतरा नहीं होता इसलिए बहुत ज्यादा ट्रैक्टरों में इसका इस्तेमाल होता है। इसका रखरखाव भी आसान होता है। बहुत सारा झटका आने पर लोड के साथ यह सको को दो हिस्सों में बांट देता है। इसीलिए क्रॉउन व्हील पिनियन पर लोड कम आता है जिससे यह टूटने से बच जाता है। इसकी उम्र लंबी होती है यह ट्रैक्टर ज्यादा लोड ट्रांसफर करते हैं और भारी लोड में भी बहुत अच्छे चलते हैं...।

हब रिडक्शन।

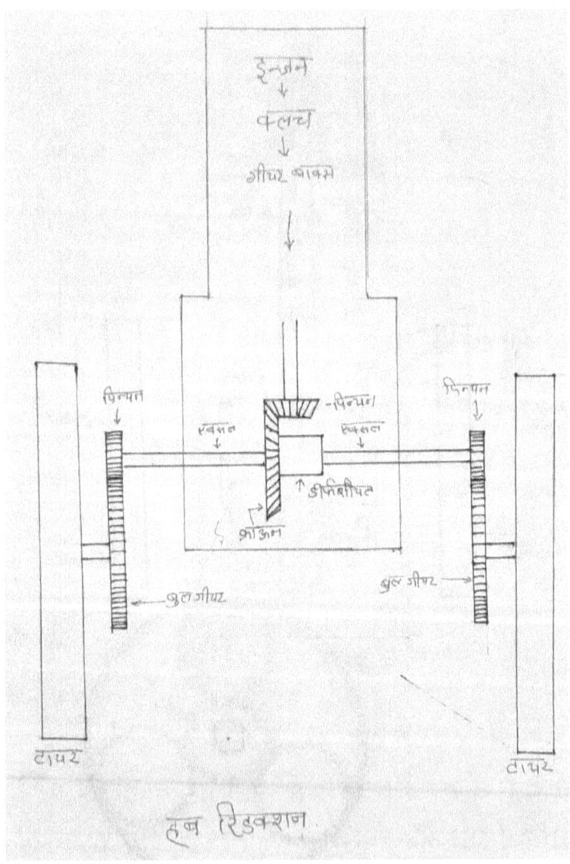

इंजन से ताकत पैदा होती है फिर क्लच में जाती है क्लच से गियर बॉक्स गियर बॉक्स से फाइनल रिडक्शन यानी पिनियन और क्राउन क्राउन से एक्सेल से टायरों के पास एक यूनिट लगी होती है। वहां पर पिनियन होता है और पिनियन से बुल गियर को चलते हैं और बुल्गर के साथ ही टायर जुड़े होते हैं।

यह ट्रैक्टर ट्राली में बहुत अच्छा काम करते हैं क्योंकि रिडक्शन टायरों के पास होता है। यह पीछे की तरफ टायरों को सरका देता है। जिस वजह ट्रैक्टर आगे से उठने की प्रक्रिया कम हो जाती है क्योंकि आगे वाले टायर और पीछे वाले टायरों में दूरी बढ़ने के कारण यह होता है।

किसकी एक कमी है आप धान की खेती में या गीली खेती में इसका इस्तेमाल नहीं कर सकते। क्योंकि मिट्टी रिडक्शन यूनिट में फंस जाती है...|

प्लेनेटरी रिडक्शन

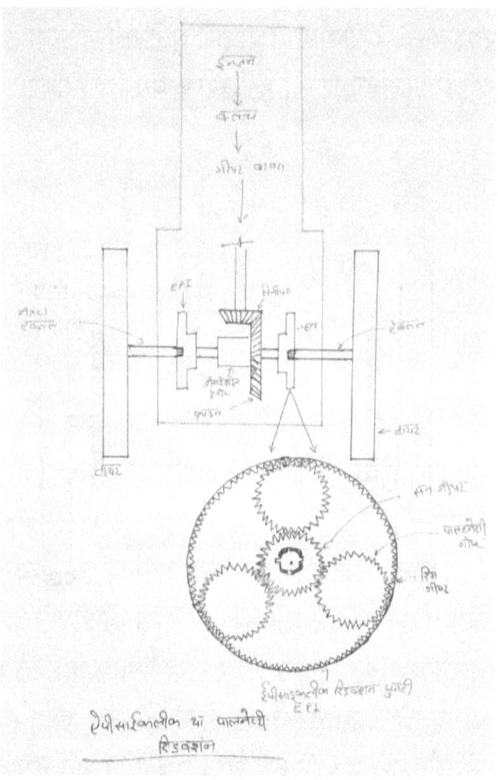

इंजन ताकत पैदा करता है क्लच में आती है क्लच से गियर बॉक्स गियर बॉक्स से पिनियन। पिनियन से क्राउन और क्राउन से प्लेनेटरी रिडक्शन में जाती है और प्लेनेट रिडक्शन यूनिट के साथ ही एक्सेल जुड़ा होता है और यूनिट के साथ ही एक्सेल जुड़ा होता है जो टायरों को घुमाता है।

यह बहुत अच्छा रिडक्शन होता है लेकिन छोटे ट्रैक्टरों में अगर लगाया जाए तो डीजल की एवरेज अच्छी नहीं आएगी। यह हमेशा बड़े ट्रैक्टरों में लगाया जाता है इसको सबसे ताकतवर अच्छा माना जाता है सभी बड़े ट्रैक्टरों में यही रिडक्शन आता है।

यह बहुत अच्छा रिडक्शन होता है लेकिन छोटे ट्रैक्टरों में अगर लगाया जाए तो डीजल की एवरेज अच्छी नहीं आएगी। यह हमेशा बड़े ट्रैक्टरों में लगाया जाता है इसको सबसे ताकतवर अच्छा माना जाता।

हाइड्रोलिक सिस्टम

ट्रैक्टर में कैसा सिस्टम होता है जिसके द्वारा हम यंत्रों को उठाना उठाकर दूसरी जगह पर ले जाना। जब खेती में जुताई कर रहे हैं। उसे समय सही गहराई पर यंत्रों को चलाने का कार्य करता है।

इसमें मुख्यतः तीन लिवर होते हैं।

1. पोजीशन लीवर।

2. ड्राफ्ट लीवर।

3. एक्सिलरी लीवर।

पोजीशन लीवर; पोजीशन लिवर क्या काम करता है समझते हैं.। इसको इंसानों के स्वभाव से समझते हैं एक इंसान जो बाहर से उसको बुरे शब्द बोले जाएं तो वह गुस्सा हो जाता है। थोड़ा और ज्यादा शब्द बोले जाएं तो गुस्सा होता है यानी जितने शब्द गुस्से के बोले जाएं उतना ज्यादा गुस्सा हो जाता है। इस तरह पोजीशन कंट्रोल लीवर भी आप जितना उठाएंगे उतना ऊपर उठ जाएगा और उसे इंसान को आप अच्छे शब्द बोलते हैं तो वह शांत भी वैसे ही हो जाता है। अच्छे शब्द तो और शांत हो जाता है जब आप पोजीशन लीवर को नीचे करते हैं। तो वह नीचे इंप्लीमेंट को कर देता है यानी लिफ्ट नीचे हो जाती है।

पोजीशन लिवर यंत्रों को उठाने किसी भी पोजीशन पर रोकने के लिए बना होता है। यह अपना दिमाग कभी भी नहीं लगता बस आप जितना उठाओ उतना उठ जाएगा जितना उसको नीचे करो नीचे हो जाएगा।

ड्राफ्ट लीवर:- यह वह इंसान है जो बाहर से शब्दों को लेता है उसे पर अमल करता है। लेकिन अपना दिमाग भी लगता है यानी अपने एक स्थिति पर मेंटेन कर दिया उसको जब उसे पर लोड आएगा तो वह लिफ्ट को ऊपर कर देगा जब लोड कम होगा तो लिफ्ट को नीचे कर देगा। आपको एक समान गहराई में यंत्र को चलाने में मदद करेगा। इसको ऐसे समझे अगर आप खेती में कल्टीवेटर चला रहे हैं अपने स्थिति यानी गहराई को बांध दिया। अब कोई भी अवरोध आता है तो लोड बढ़ जाता है जैसे ही लोड बढ़ेगा यह अपने आप यंत्र को पर उठा देगा। जैसे ही लोड खत्म होगा यह यंत्र को नीचे कर देगा आपका काम काम कर देता है इस तरह का इंसान आपको हमेशा मददगार होता है। आपके लिए काम करता है आपसे निर्देश लेता है लेकिन अपना दिमाग भी लगता है कि किस तरह काम को सही करना है।

ऑग्ज़ीलियरी लीवर :-यह लीवर कुछ-कुछ ट्रैक्टरों में आता है यह हाइड्रोलिक यंत्र को चलाने के लिए उपयोग में लिया जाता है। इसमें सिंगल एक्टिंग वी डबल एक्टिंग दोनों तरह के होते हैं जैसे हाइड्रॉलिक ट्रॉली, हाइड्रोलिक एमबी पलाउ, लेजर लेवललर और ऐसे बहुत सारे उपकरण है...|

कूलिंग सिस्टम

ट्रैक्टर में मुख्यतः दो प्रकार के होते हैं

हवा से ठंडा करना।

पानी से ठंडा करना

यह सिस्टम ट्रैक्टर के इंजन को सही तापमान पर काम करने के लिए बनागा जाता है

हवा से ठंडा करना:-मुख्यतः आयशर ट्रैक्टर के अंदर यह सिस्टम पाया जाता है। सिलेंडर के आसपास का क्षेत्रफल छोटी-छोटी फिन बनाकर बढ़ाया जाता है। उसमें

से ठंडी हवा गुजारी जाती है जिस वजह से इंजन का तापमान एक उचित तापमान पर इंजन काम करता है।

पानी से ठंडा करना या कूलेंट से ठंडा करना:-इस सिस्टम के अंदर एक रेडिएटर होता है। जो पानी को पंखे के द्वारा ठंडा करता है। यह पानी पानी की जैकेट बनाई होती है जिसमें घूमता है सिलेंडर के चारों तरफ और वहां से एक गर्मी को लेकर वातावरण में ट्रांसफर कर देता है जिससे इंजन सही तापमान पर कार्य करता है। यह सिस्टम बहुत अच्छा होता और लगभग सभी ट्रैक्टरों में पाया जाता है इसमें दक्षता ज्यादा उसकी होती है जिसका रेडिएटर बहुत अच्छा होता है। इसमें थर्मोस्टेट वाल्व लगा होता है जो 80 डिग्री पर खुलने स्टार्ट होता है और 100 डिग्री पर पूरा खुल जाता है। यह थर्मोस्टेट वाल्व कभी भी हटाना नहीं चाहिए अगर हटा दिया तो ट्रैक्टर सही तापमान पर काम ही नहीं करेगा और उसका इंजन लगातार गर्म होगा या ज्यादा ठंडा होगा जिससे इंजन की दक्षता काम हो जाती है। सही तापमान पर इंजन सही काम करता है। इस वजह से उसकी दक्षता बढ़ती है और डीजल कम खाता है और ताकत ज्यादा पैदा करता है...|

ब्रेक्स

यह मुख्यतः दो प्रकार के होते हैं। ब्रेक का काम गतिज ऊर्जा को घर्षण ऊर्जा में बदलकर तापमान में बदल देना है। यानी जब आप ब्रेक दबाते हैं तो घूमती हुई चीज में जो बैक ब्रेक पैढ होते हैं। वह एक घूमती हुई सात के साथ घर्षण करते हैं और ट्रैक्टर को रोक देते हैं।

मैकेनिकल ब्रेक

यह मुख्यतः ड्रम ब्रेक कहलाते हैं और इसमें एक ड्रम घूमता है। ब्रेक पैड उसे ड्रम के साथ घर्षण करके ट्रैक्टर को रोकते हैं इसको मैकेनिक ब्रेक भी कहते हैं।

तेल में डूबे हुए ब्रेक

आजकल लगभग सभी ट्रैक्टरों में तेल में डूबे हुए ब्रेक आते हैं। यह बहुत उत्तम होते हैं। इनका रखरखाव बहुत कम होता है और क्योंकि तेल में डूबे हुए रहते हैं तो तापमान ज्यादा नहीं बढ़ता इस वजह से उनकी दक्षता बहुत अच्छी होती है और उम्र बहुत लंबी होती है।

एयर क्लीनर

ट्रैक्टर में एयर क्लीनर सबसे महत्वपूर्ण सिस्टम होता है जो हवा को सही साफ कर कर इंजन में भेजता है। यानी इसको ट्रैक्टर की नाक भी कह सकते हैं। यह दो प्रकार के होते हैं।

आयल ऐयर क्लीनर

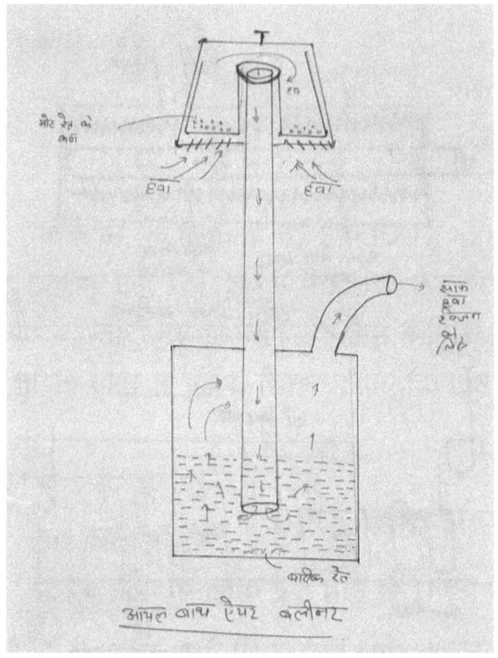

इसमें मुख्या एक परी क्लीनर होता है। जो मोटे-मोटे रेत के कानों को मन साफ कर देता है। फिर हवा को तेल में से गुजर जाता है जहां पर यह पूर्णतया हवा को साफ कर देता है और इंजन को साफ सुथरी हवा प्रदान करता है।

ड्राई टाइप एयर क्लीनर

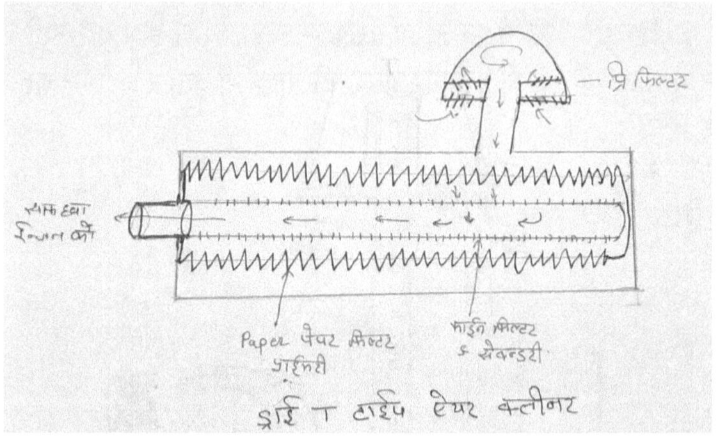

इसमें फ्री क्लीनर होता है। जो मोटे रेत के कणो को साफ कर देता है फिर बारीक कण प्राइमरी और सेकेंडरी फिल्टर में से गुजर कर हवा पूर्णतया शुद्ध हो जाती है। जो इंजन को प्रदान की जाती है ड्राई टाइप हमेशा बड़े ट्रैक्टरों में पाया जाता है। क्योंकि यह महंगा होता है हवा को ज्यादा अच्छी तरीके से साफ करता है और इसकी उम्र बहुत लंबी होती है...|

टू व्हील ड्राइव फोर व्हील ड्राइव

ट्रैक्टर में मुख्खा दो प्रकार के होते हैं टू व्हील या फोर व्हील

टू व्हील ड्राइव में ट्रैक्टर के पीछे वाले टायरों में ताकत होती है और फोर व्हील ड्राइव में आगे वाले टायरों में भी ताकत होती है।

फोर व्हील ड्राइव ट्रैक्टर हमेशा बहुत अच्छा होता है क्योंकि यह अगर आप 40 हॉर्स पावर का ट्रैक्टर लेंगे तो 45 हॉर्स पावर का काम करेगा। क्योंकि ट्रैक्टर ताकत पैदा कैसे करता है उसका जो टायर है। वह जमीन के साथ कांटेक्ट जितना ज्यादा होगा उतना ही खींचने की ताकत पैदा करेगा फोर व्हील ड्राइव में चारों टायर खींचने की ताकत को बनाते हैं।

भविष्य में आने वाले सारे उपकरण फोर व्हील ड्राइव पर चलने वाले होंगे रोटावेटर ट्रैक्टर के आगे भी लगाया जाएगा। बहुत सारे उपकरण आप आसानी से चला सकते

हैं। जहां पर आपको गीली मिट्टी में कार्य करना होता है वहां पर फोर व्हील ड्राइव ट्रैक्टर बहुत उपयुक्त होता है।

स्टेरिंग सिस्टम

यह मुख्यतः दो प्रकार का होता है मैकेनिकल और पावर स्टीयरिंग

मेकेनिकल स्टेरिंग

इस स्टीयरिंग के अंदर ट्रैक्टर को मोड़ने के लिए अलग-अलग लिंक का उसे करके टायरों को मोड जाता है।

पावर स्टीयरिंग। पावर स्टीयरिंग के अंदर ट्रैक्टर को मोड़ने के लिए हाइड्रोलिक प्रेशर का इस्तेमाल करके ऐसा सिस्टम बनाया जाता है की कोई भी इंसान बहुत थोड़ी सी ताकत लगाकर ट्रैक्टर को मोड़ सकता है। आजकल सभी ट्रैक्टरों में पावर स्टीयरिंग आने शुरू हो गए हैं क्योंकि इंसान अपने को आराम दे करना चाहता है। आसानी से काम करना चाहता है बिना थके बहुत देर तक काम कर जा सकता है इस स्टेरिंग के साथ...।

फ्यूल इंजेक्शान सिस्टम

इसमें मुख्यतः दो प्रकार के होतेहैं।
डायरेक्ट इंजेक्शान सिस्टम
और सीआरडीआई

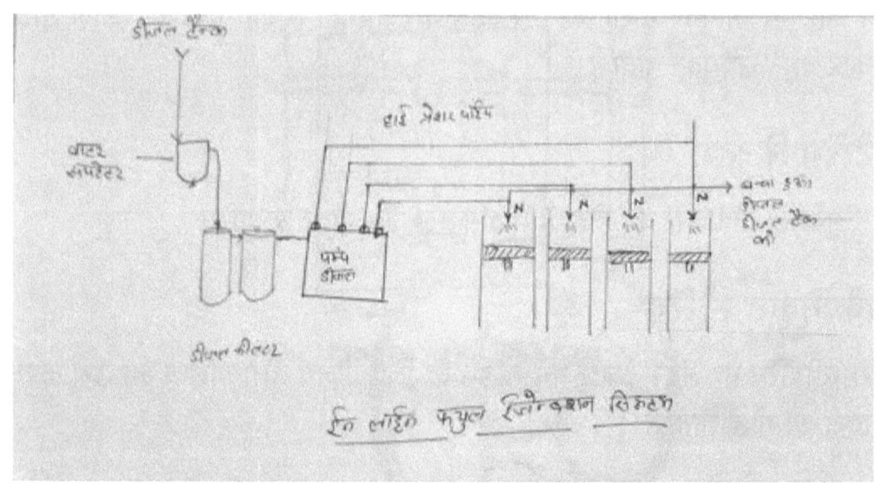

डायरेक्ट इंजेक्शन सिस्टम इसे इन लाइन इंजेक्शन सिस्टम भी कहते हैं। पूरे भारत के अंदर लगभग सभी ट्रैक्टरों में यह इंजेक्शन सिस्टम आता है और कंपनी इसका उपयोग करती हैं। इसका रखरखाव का खर्चा बहुत कम होता है और इसकी गुणवत्ता बहुत अच्छी होती है

जैसा कि आप चित्र में देख सकते हैं फ्यूल टैंक में से डीजल फिल्टर में आता है डीजल से पंप में पंप से चार लाइन तो सीधे ही इंजेक्टर तक यह पाइप पर पहुंचती है। इसके द्वारा ईंधन की डिलीवरी सिलेंडर में की जाती है।

सीआरडीआई।

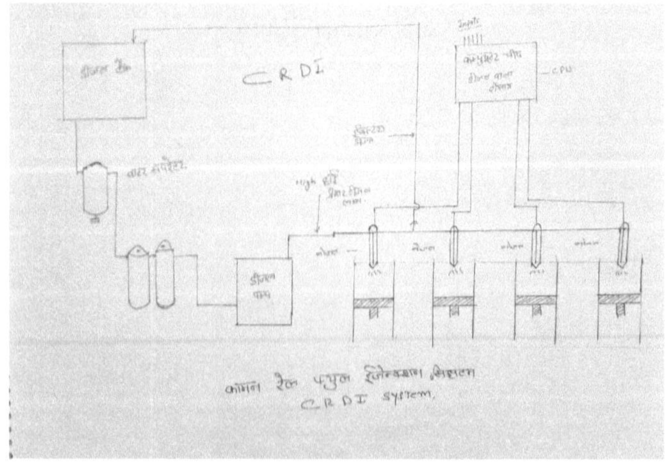

सीआरडीआई।

सी का मतलब कौमन।

आर का मतलब रेल।

डी का मतलब डायरेक्ट।

आई का मतलब इंजेक्शन सिस्टम।

जैसा कि आप चित्र में देख सकते हैं ईंधन ईंधन टंकी में से फिल्टर में होता हुआ पंप में आता है। एक रेल में उचित प्रेशर में हमेशा उपलब्ध होता है। और एक कंप्यूटरीकृत चिप के द्वारा यह निर्धारित होता है कि किस समय किस सिलेंडर में कितना डीजल पहुंचाना है। यह हमेशा बड़े ट्रैक्टरों में होता है इसके गुणवत्ता बहुत अच्छी होती है यह उतनी ही मात्रा में डीजल सिलेंडर में डालता है जितनी जरूरत होती है इससे डीजल की बहुत बचत होती है। इंजन कम ईंधन में ज्यादा ताकत बनता है और यह सिर्फ बड़े ट्रैक्टरों में ही उपलब्ध है।

ट्रैक्टर में उपयोग करने वाले यंत्र

भारत में बहुत यंत्रों का उपयोग होना शुरू हो गया है। पर आपको 80 20 के नियम के हिसाब से ही यंत्र खरीदनी चाहिए। नीचे लिखे गए यंत्रों को ध्यान से समझे और यह तय करें आपको 80 परसेंट यंत्रों से सिर्फ 20% लाभ होता है और सिर्फ 20% यंत्रों से 80 परसेंट लाभ होता है। तो आप तय कर सकते हैं कि आपको कौन सा यंत्र खरीदना है।

प्राइमरी इंप्लीमेंट

1. ऐम बी पलाउ।

2. डिस्क प्लाउ।

3. सब सोयलर।

4. कल्टीवेटर।

सेकेंडरी इंप्लीमेंट

1. कल्टीवेटर।
2. डिस्क हैरो।

अन्य यंत्र

1. रोटावेटर।
2. सीड ड्रिल।
3. थ्रेशर।
4. सुपरसीडर।
5. ग्राउंडनट पीकर।
6. पोटैटो पीकर।
7. बैक हो लोडर।
8. ट्रेंच डिगर।
9. पोस्ट होल डिगर।
10. एक एक्सेल की ट्रॉली।
11. डबल एक्सेल ट्रॉली।
12. कंबाइन हार्वेस्टर।
13. कट्टर बार।
14. सुहागा।
15. अल्टरनेटर।
16. पानी के चलने वाले पंप।
17. पानी उठाने वाला वर्मा।
18. मेड बनाने वाला यंत्र।

19. मल्चर।

20. एनिमल फोडर कटर।

21. लेवलर।

22. लेजर लेवलर।

23. डोली करवा।

और बहुत सारे उपकरण आपने यह निर्णय लेना है कि आपको कौन सा उपकरण ज्यादा जरूरी है 80 20 का नियम लगाकर यानी 80 परसेंट यंत्र से 20% कमाई देते हैं। 20% यंत्र आपको 80% कमाई देते हैं अगर आप अमीर बनना चाहते हैं तो 80% वाला ही चुनाव करें।

खंड 3

इस खंड के अंदर हम समझेंगे ट्रैक्टर को सही तरीके से कैसे खरीदना है। उसे कैसे चला कर अमीर बन जाता है।

Chapter 28
ट्रैक्टर कैसे खरीदें

भारत एक कृषि प्रधान देश है 10.7 करोड़ लोग सीधे कृषि पर निर्भर है कुल आबादी की 48% कृषि पर निर्भर है इस देश का दुर्भाग्य है कि किस की माली हालत बहुत अच्छी नहीं है। यह सिर्फ और सिर्फ इस बात की निशानी है कि हमारे किसान अज्ञानता वश ही गरीबों का शिकार है।

आज हर किसान कहता है कि कृषि में तो कोई लाभ नहीं है लेकिन कृषि का व्यापार करने वाले तो सारे अमीर है फिर किसान की माली हालत अच्छी क्यों नहीं है जबकि किसान के साथ व्यापार करने वाले सब ज्यादा पैसे वाले हैं।

उदाहरण से समझते हैं

1. गांव की दुकानदार के पास पैसा ज्यादा होता है।

2. गांव केसुनार के पास ज्यादा है पैसा होता है।

3. खाद बीज विक्रेता के पास ज्यादा पैसा होता है।

4. सब्जी के खुरदरा व होलसेल विक्रेता के पास पैसा ज्यादा होता है।

5. किसान अपनी फसल जी आडती को बेचता है वह करोड़पति होता है।

6. किसान जिस, डीलर से ट्रैक्टर खरीदा है वह करोड़पति होता है।

7. किसान जिसको दूध बेचता है वह भी बहुत सारा पैसा कमाता है।

8. जो कंपनियां किस के लिए कुछ बनाती हैं वह बहुत अमीर होती हैं।

9. पेट्रोल पंप वाले जो किसान को डीजल भेजते हैं वह भी अमीर होते हैं।

    ऐसे हजारों उदाहरण भरे पड़े हैं जो किसान की माली हालत अच्छी नहीं है बाकी सब की अच्छी है।

आई मेरे उदाहरण से समझते हैं

मेरा जन्म एक गरीब किसान के घर में हुआ और हमारे पास 25 बीघा जमीन थी 25 बीघा बहुत बड़ी होती है। हमारी जिंदगी हमेशा कर्ज में डूबी हुई रही। हमने ट्रैक्टर खरीदा आईसर का और उसकी किस्त नहीं भरने की वजह से बैंक वाले उसे चार बार उठा कर ले गए फिर हम कुछ पैसे का इधर-उधर से जुगाड़ करते उसको वापस लेकर आते। बैंक वाले फिर ले जाते बस इसी तरह जिंदगी चल रही थी।

फिर मैं पढ़ाई करके इंजीनियरिंग की और ट्रैक्टर कंपनी में नौकरी लग गया मेरी तनख्वाह 4000 से 4 लाख तक हो गई यह चार लाख मुझे कहां से मिले, यह किस के ही तो थे यानी किसान के साथ काम करने वाला हर आदमी अमीर होता है और मेरे बॉस की तनख्वाह तो करोड़ों में थी।

सबसे बड़ी समस्या यह है कि ट्रैक्टर खरीदना जरूरी है पर किन को खरीदना है चाहिए या नहीं यह जानना बहुत जरूरी है और यह किस के व्यापारी बनने की शुरुआत होगी और यह निर्णय आपको आमिर कर देंगे।

आईऐ अब समझते हैं आपको कैसे ट्रैक्टर खरीदने का सही और सकारात्मक निर्णय लेना है।

आई 11 निम्नलिखित बिंदुओं पर विचार करते हैं

1.   पता करें आपको ट्रैक्टर खरीदने से नुकसान है याफायदा …

2.   ट्रैक्टर पुरानाखरीदे या नया …

3.   ट्रैक्टर का सर्वे करें …

4.   ट्रैक्टर खरीदने से पहले 20 प्रश्नों का उत्तर दें..

5.   ट्रैक्टर का चुनाव करें कुछ इस तरह से कौन सा काम ट्रैक्टर में ज्यादा पैसा देता है …

6.   ट्रैक्टर डीलर को समझें …

7.   ट्रैक्टर के वित्तीय प्रभाव कोसमझे …

8.   ट्रैक्टर की कीमत में मोलभाव करें …

9. ट्रैक्टर के यंत्रों का निर्णय ले औरखरीदें ...

10. ट्रैक्टर चलाने का सारा सही ज्ञान ले ...

11. ट्रैक्टर को पहले 100 घंटे चला कर फुल लोड में चेक करें...

1. पता करें ट्रैक्टर खरीदना नुकसान या फायदा

आपको सबसे पहले इस बात का पता करना है। आपको ट्रैक्टर खरीदने से फायदा होगा या नुकसान। आज लगभग 10% किसान ही सही तरीके से लोन की वापसी कर पाते हैं। 90% किसान नुकसान उठाते हैं। अपनी पूंजी में से किस्त भरते हैं और एक न एक बार उनकी किस्त चुक जाती है जिस वजह से बैंक उनको बहुत सारी प्लांटियां लगता है। उनका पैसा ज्यादा भरना पड़ता है। और कुछ कुछ किसान तो अपना कुछ कीमती बेचकर ही किस्त का पैसा इकट्ठा कर पाते हैं। जैसा हमारे साथ भी हुआ था।

इसको विस्तार से समझने के लिए आपको दो पेज इस बात के लिखते हैं कि ट्रैक्टर खरीदने से क्या फायदा होगा और क्या नुकसान होगा तो आप खुद ही समझ जाएंगे।

यह निर्णय के ट्रैक्टर खरीदना आपके लिए फायदा है या नुकसान। नया ट्रैक्टर लूं या पुराना लूं इसको बड़े विस्तार के साथ सोच और समझे।

2. ट्रैक्टर पुराना खरीदे या नया

आप पहले बिंदु पर कार्य करेंगे तो आपको लगभग पता लग जाएगा कि आपने कौन सा ट्रैक्टर खरीदना है पर फिर भी इसको विस्तार से समझते हैं।

अगर आपके पास खेती कम है और आप पहली बार ट्रैक्टर खरीद रहे हैं तो पुराने ट्रैक्टर से शुरुआत करना अच्छा है.।

अगर आप हर साल 1 लाख से कम पैसा किसी बाहर वाले ट्रैक्टर को देते हैं तो पुराना ट्रैक्टर लेना अच्छा है।

क्योंकि आप पुराना ट्रैक्टर खरीद कर अनुभव कर सकते हैं। कि आप ट्रैक्टर के द्वारा कितना ज्यादा पैत्रा कमा सकते हैं।

आप ट्जितने का ट्रैक्टर कर खरीदने हैं उसकी 12% ब्याज से गणना करें और उसको दुगना कर ले पूरे साल में कितना पैसा ब्याज से आता है। अगर आप इससे कम

पैसा बाहर देते हैं तो ट्रैक्टर लेना आपके लिए नुकसानदेह है। आपको बाहर से ही काम करवाना चाहिए अगर आप उससे ज्यादा पैसा बाहर देते हैं। तो आपको नया ट्रैक्टर खरीदना चाहिए आपको लाभ होगा।

यदि आपके पास इतनी ज्यादा खेती है। और आप बाहर कर काम करके और अपनी खेती से उसे ब्याज का दुगना पैसा कमा सकते हैं तो आपको नया ट्रैक्टर लेना चाहिए अन्यथा पुराना।

3. ट्रैक्टर लेने से पहले सर्व करें

सुकरात का महान वाक्य है। मेरे से बड़ा अज्ञानी कोई नहीं है इसका मतलब यह है। मैं जितना ज्यादा जानता हूं तो पता लगता है कि मैं कुछ भी नहीं जानता.।

अगर गलती से हमको यह सोच हमारे अंदर बैठ जाए कि "मेरे को सब पता है"। तो यह सबसे बड़ा पतन का कारण होता है।

मैं आपको इस पतन से बचा लेता हूं।

आपको नया ट्रैक्टर खरीदने से पहले लगभग 50 ऐसे किसानों से मिलना है जिन्होंने नया ट्रैक्टर खरीदा था। आपको सर्वे करना है सर्व कुछ इस तरह से करना है आप हमेशा मीठी आवाज में बात कर कर विनम्रता से प्रश्न पूछे।

1. क्या आप मेरी मदद करेंगे मैं एक नया या पुराना ट्रैक्टर खरीदना चाहता हूं. और पूरा उत्तर सुने चुप रहे जब तक ट्रैक्टर मालिक बोलते रहे और उसे ध्यान से किसी जगह पर लिख ले।

2. आप कितने सालों से ट्रैक्टर चला रहे हैं. ध्यान से पूरा उत्तर सुने।

3. आप ट्रैक्टर खरीदने से पहले और बाद में कैसा महसूस करते हैं ध्यान से पूरा उत्तर सुने।

4. अपने ट्रैक्टर का चुनाव कैसे किया यही मॉडल क्यों खरीदा। ध्यान से पूरा उत्तर सुने।

5. ट्रैक्टर कैसा चल रहा है। ध्यान से पूरा उत्तर सुनिए।

6. ट्रैक्टर की कीमत क्या थी जब अपने ट्रैक्टर लिया था। उत्तर ध्यान से सुने और कीमत लिख लें।

7. ट्रैक्टर के साथ आपको क्या-क्या सुविधा मिली। कुछ मुफ्त में यंत्र भी मिला। उत्तर को ध्यान से सुने और लिख लें।

8. आपने लोन पर ट्रैक्टर लिया या नगद लिया या लोन किस करवाया और कितने प्रतिशत ब्याज दिया। उत्तर को ध्यान से सुने और लिख लें।

9. आप हर साल कितना पैसा अतिरिक्त कमाते हैं ट्रैक्टर की सहायता से। विस्तार के साथ सुने और लिख लें।

10. ट्रैक्टर खरीदने से पहले और बाद में पैसा कमाने में क्या बदलाव आया। उत्तर को विस्तार से सुने और लिख लें।

11. ट्रैक्टर खरीदने के बाद आपने कौन-कौन से यंत्र खरीदे और उसका इस्तेमाल कैसे करते हैं। उत्तर को विस्तार से सुने और लिख लें।

12. आपके पास जो खेती है या जो वित्तीय स्थित है। आपकी उसे विस्तार से बताएं और उससे पूछे कि मेरे को ट्रैक्टर खरीदना उचित है या नहीं। उत्तर को विस्तार से सुने और लिख लें।

13. मैं ट्रैक्टर से ज्यादा पैसे कैसे कमा सकता हूं कृपया मुझे सलाह दें। उत्तर को विस्तार से सुने और लिख लें।

यह 13 प्रश्न हर ट्रैक्टर मालिक से पूछना है और अगर आपने 50 ट्रैक्टर मालिकों से यह प्रश्न पूछ लिए तो आप ट्रैक्टर के ज्ञानी हो जाएंगे आपको यह समझ में आ जाएगा ट्रैक्टर खरीदना किस तरह से लाभकारी है या नुकसान दे।

4. ट्रैक्टर खरीदने से पहले 20 प्रश्नों का उत्तर दें और विस्तार से इसको लिखें

1. आप ट्रैक्टर क्यों खरीदना चाहते हैं या खरीदना है इसको विस्तार से लिखें।

2. आप अपनी जिंदगी में क्या बदलाव चाहते हैं और कैसे पूरा विस्तार से लिखें।

3. ट्रैक्टर खरीदने के बाद बिना पैसे वाले कौन से लाभ होंगे उसे लिखें।

4. ट्रैक्टर खरीदने पर पैसे में आपको क्या-क्या लाभ होगा उसे विस्तार से लिखें।

5. ट्रैक्टर खरीदने से बिना पैसे का क्या नुकसान होगा उसको लिखें।

6. ट्रैक्टर खरीदने पर पैसे का कौन सा नुकसान होगा उसे विस्तार से लिखें।

7. क्या आप अपनी पुरानी जिंदगी में आप एक-एक का हिसाब रखते हैं या नहीं और क्यों विस्तार से लिखें।

8. आपके परिवार के अंदर बड़े निर्णय कैसे लिए जाते हैं सभी परिवार मिलकर निर्णय लेता है या कोई अकेला विस्तार से लिखें और निर्णय में सबको शामिल करें।

9. क्या आपने पहले ट्रैक्टर रखा है या चलाया है आप कैसा महसूस करते हैं विस्तार से लिखें।

10. ट्रैक्टर मॉडल का चुनाव कैसे करेंगे विस्तार से लिखें।

11. ट्रैक्टर लोन लेना है या कैश में इसका निर्णय ले।

12. ट्रैक्टर लोन पर लेना है तो ब्याज कितना होना चाहिए इसकी गणना करें।

13. आप ट्रैक्टर ले रहे हैं तो अतिरिक्त आई कैसे काम आएंगे ताकि आप ट्रैक्टर की किस्त भर सके इसको विस्तार से लिखें।

14. अगर आप ट्रैक्टर लेते हैं तो कितने घंटे ट्रैक्टर को चलाने पर आपकी किस्त आप आसानी से भर सकते हैं इसकी गणना करें।

15. ट्रैक्टर मॉडल का चुनाव ध्यान रखकर खरीदने से पहले कैसे करेंगे विस्तार से लिखें।

16. सही डीलर का चुनाव कैसे करेंगे विस्तार से लिखें डीलर के अंदर क्या-क्या अच्छाइयां होनी चाहिए।

17. अपने मोल भाव में कितने कैसे पैसे कम करनी है डीलर से उसे विस्तार से पहले ही समझ ले और लिखे।

18. यंत्र कौन-कौन से खरीदेंगे और क्या काम करेंगे विस्तार से लिखें।

19. आप ट्रैक्टर कितने सालों तक इस्तेमाल करेंगे और कितना धन कमाएंगे विस्तार से लिखे।

20. आपकी जिंदगी ट्रैक्टर लेने के बाद आराम दे होगी या आप तकलीफ में होंगे तो विस्तार से लिखें...।।

5.ट्रैक्टर मॉडल का चुनाव करें और कौन सा काम ज्यादा पैसा देता है इसका चुनाव करें...

यहां पर एक बारी मैं फिर मोहन भाई का जिक्र करूंगा उन्होंने 2004 में मेससी फर्गुसन का 1035 ट्रैक्टर लिया। उन्होंने सबसे पहले अपने खेत को समतल करने के लिए कार्य शुरू किया अपने खेत जो एक रेत का टीला था। उसको समतल करते-करते उनको आसपास के लोगों द्वारा नया काम मिलना शुरू हो गया। फिर उन्होंने इसको बड़े स्तर पर करने का निर्णय लिया और बड़े ट्रैक्टर खरीदे डोली करवा के साथ उन्होंने बड़े-बड़े ठेके लेने शुरू किया और यह काम बढ़ता गया और वह करोड़पति हो गए।

यह क्या हुआ था। परतों का नियम एक 80 20 का नियम यानी 80% कार्य आपको 20% परिणाम देते हैं। 20% कार्य आपको 80% परिणाम देते हैं तो मोहन भाई ने अनजाने में ही इस नियम को अपना लिया उन्होंने सिर्फ अपना फोकस जमीन को समतल करने में लगा दिया। सिर्फ एक ही काम पर फोकस कर दिया एक ही काम के मास्टर बन गए आज उनकी तहसील नोहर और हनुमानगढ़ के आसपास जिसको भी अपनी जमीन को समतल करवाना होता है तो सबसे बड़ा नाम है मोहन भाई।

तो आपको ट्रैक्टर मॉडल इस तरह से चुनाव करना है जो आपको 20% काम करके 80 परसेंट का मुनाफा दे सके। उसे काम का चुनाव भी करें जो काम आपको ज्यादा पैसे देता है। आपको वही अंतर खरीदने हैं और इस काम पर फोकस कर देना है वह सिर्फ एक या दो काम हो सकते हैं सारे काम करने वाले कभी अमीर नहीं होते। आपको अगर ट्रैक्टर से अमीर होना है तो इस नियम का पालन करना होगा इसको विस्तार से लिखें और समझे....

6.ट्रैक्टर डीलर को समझें

ट्रैक्टर खरीदना एक दिन का काम है। लेकिन ट्रैक्टर एक ऐसा यंत्र है जो ताकत पैदा करता है और उसकी ताकत हम दूसरी जगह में उपयोग में लाते हैं। ट्रैक्टर में बहुत सारे कल पुर्जे होते हैं समय-समय पर इनको ठीक करना और इनकी सर्विस करना अनिवार्य होता है।

अगर आप जिस डीलर से ट्रैक्टर खरीद रहे हैं उसे डीलर का स्वभाव अच्छा नहीं है तो आज तो वह ट्रैक्टर आपको बेच देगा लेकिन भविष्य में बड़ी समस्या खड़ी होने वाली है और आपको कष्ट होना तय है।

आपको इन बातों का ध्यान रखना है या एक नियम है जो आपको कष्ट से बचाएगा।

1. अगर डीलर आपकी बात ध्यान से नहीं सुनता है तो उससे ट्रैक्टर नहीं ले।

2. आप डीलरशिप पर जाते हैं आपका अभिवादन अच्छे से करता है या नहीं आपको चाय पानी पूछता है या नहीं। इसको विस्तार से समझे जो आज आपको अभिवादन और चाय पानी का नहीं पूछ रहा है। तो बाद में क्या करेगा यह आप खुद समझ सकते हैं।

3. वह आपका परिवार का हाल-चाल पूछता है या नहीं। क्योंकि जो डीलर अच्छा होगा वह आपसे ऐसा रिश्ता बनाएगा मानो उसकी कई सालों तक आपके साथ काम करना है इसका आप निर्णय खुद ले सकते हैं।

4. वह मुस्कुराता हुआ आपका अभिवादन करता है या नहीं यह महत्वपूर्ण बात है की जो आदमी आपसे लाभ कमाना चाहता है। वह आज ही नहीं मुस्कुरा रहा तो भविष्य में क्या होगा आप खुद सोच सकते हैं।

5. डीलरशिप पर सारे काम करने वाले लोग हसमुख हैं या दुखी हैं। यह तय कर देगा कि आपके साथ भविष्य में कैसा व्यवहार होगा इसका निर्णय ले।

6. डीलर वह उसकी सेल्स करने वाली टीम आपको ट्रैक्टर बेचने की जल्दी बाजी कर रही है। आपकी समस्या को हल करने के लिए काम कर रही है। यदि आपकी समस्या का हल कर रही है तो वह डीलरशिप ऐसी है जिससे आपको ट्रैक्टर लेना चाहिए नहीं तो आप खुद सोच सकते हैं।

7. डीलरशिप पर जाकर आप अपने आसपास के गांव में उन्होंने कहां-कहां ट्रैक्टर दिए हैं। उनका नाम देने के लिए कहें। यदि डीलर नाम देने में आनाकानी कर रहा है तो आप समझ जाइए समस्या यही है।

8. वर्कशॉप में जाकर देखें और वहां पर कोई ट्रैक्टर मालिक हो उससे मिले और सर्विस के बारे में पूरी जानकारी ले।

9. मोलभाव करते समय वह आपके साथ कैसा व्यवहार करता है आपकी इज्जत करता है या एक निश्चित कीमत पर अड कर बैठ जाता है। जो आपकी इज्जत करता है ट्रैक्टर उसी से ले वरना आप सो सकते हैं।

अगर ऊपर दिए गए सारे उत्तर सकारात्मक हैं तो आंख बंद कर कर आप ट्रैक्टर खरीद सकते हैं वरना आपका निर्णय है।

एक मुख्य बात का ध्यान रखें वह डीलरशिप कितनी पुरानी है अगर वह बिलकुल अभी हाल में ही खुली है। तो उसे ट्रैक्टर लेना खतरनाक है लगभग 5 साल पुरानी डीलरशिप से ही ट्रैक्टर खरीदना चाहिए...|

7.ट्रैक्टर के वित्तीय प्रभाव को समझें

आपको ट्रैक्टर के वित्तीय प्रभाव को समझना अति आवश्यक है। अगर आप ट्रैक्टर को सफलता से चलाना चाहते हैं। उस धन कमाना चाहते हैं तो यह जरूरी है।

आपको यह गणना करनी ही होगी अन्यथा भविष्य में नुकसान ही होगा।

नीचे दिए गए सभी बिंदुओं पर विस्तार से लिखे और गणना करें।

ट्रैक्टर की कीमत ......

यंत्रों की कीमत ....

हर साल ब्याज कितना लगेगा ....

हर साल कमाई कितनी होगी ....

हर साल ट्रैक्टर पर खर्च कितना होगा .....

ट्रैक्टर और यंत्रों की कीमत हर साल 20% से कम होती है उसको इस गणना में जोड़ दें ......

इसमें जो पैसा आप दे रहे हैं और जो नुकसान हो रहा है या खर्च हो रहा है उसको जमा और घटा कर हर साल आप कितना पैसा कमा रहे हैं किसकी गणना करें।

आप हर साल ट्रैक्टर लाने के बाद कितना ज्यादा पैसा कमा रहे हैं इसकी भी गणना करें तो यह तय कर देगा भविष्य में आप ट्रैक्टर के सहारे अमीरी का रास्ता तय कर सकते हैं।

ट्रैक्टर की लॉग बुक बनाएं

ट्रैक्टर की लॉग बुक बनाओ							
तारीख	शुरुआत घंटे की रीडिंग	काम खत्म करने के बाद की रीडिंग	कितना काम किया उसका विवरण	आज कितना पैसा कमाया	कितना डीजल डलवाया	आज कितना खर्च किया	अन्य विवरण
1							
2							
3							
4							
5							
6							
7							
8							
9							
10							
11							
12							
13							
14							
15							
16							
17							
18							
19							
20							
21							
22							
23							
24							
25							
26							
27							
28							
29							
30							
31							
TOTAL							

ट्रैक्टर की लॉग बुक आप बाजार में से भी खरीद सकते हैं जैसे कर की लॉग बुक होती है वैसे ही ट्रैक्टर की लॉग बुक होती है इसमें तारीख होती है। आपने कितने घंटे ट्रैक्टर चलाया कब शुरू किया कब बंद किया कितना डीजल डलवाया कितने एकड़ खेती में काम किया कौन सा काम किया। हर रोज कितनी कमाई की कितना खर्च आया इसका पूरा हिसाब किताब इस लोग बुक में होता है।

यह बुक रोज भरते रहे और आपको अंत में यह चिंता नहीं होगी कि ट्रैक्टर से लाभ हुआ या नुकसान नुकसान की स्थिति में आप यह तय कर सकते हैं। कि आपको कौन सा काम बदलना है जो 80 और 20 का नियम मैंने ऊपर बताया उसको लगाकर अपने काम को बदले....|

8. ट्रैक्टर की कीमत में मोलभाव करें

बचत ही कमाई है। इस मुख्य वाक्य को ध्यान रखकर ट्रैक्टर को खरीदना है और मैं तो कहता हूं किस कम पैसे वाला क्यों है।

नीचे दिए हुए प्रश्नों के उत्तर दें

1. ट्रैक्टर डीलर करोड़पति है या किसान।

2. किस को खाद बीजे बेचने वाला अमीर है या किसान।

3. ट्रैक्टर के यंत्र बनाने वाली कंपनी अमीर है या किसान।

4. गांव का सूनार अमीर है या किसान।

5. किसानों का नेता अमीर है या किसान।

6. किसान का दूध खरीदने वाले अमीर हैं या किसान।

7. किसान जिससे डीजल पेट्रोल खरीदने हैं वह अमीर है या किसान।

ऐसे हजारों उदाहरण है जहां किसान बहुत सारे लोगों के साथ लेनदेन करता है। लेकिन किसान की माली हालत अच्छी नहीं है जबकि बाकी सारे लोग बहुत सारा धन कमाते हैं। लेकिन किस की माली हालत वैसी की वैसी है यह हमारे देश का दुर्भाग्य है जिस देश में किस अमीर नहीं हो सकता वह देश कभी विकसित नहीं हो। और यह

किसी और की गलती नहीं है यह हमारे किसान की ही गलती है उसे किस को उन्नत होना पड़ेगा। समझदार होना पड़ेगा ज्ञान लेना पड़ेगा।

आपको ट्रैक्टरों की कीमत कम करवानी है। आपको ट्रैक्टर के लिए मोलभाव करना है। हर राज्य में ट्रैक्टरों का कीमत अलग-अलग होता है।

अगर आप पंजाब और हरियाणा में ट्रैक्टर डीलरों से कीमत का पता करेंगे। तो वहां पर आपको बहुत कम कीमत में ट्रैक्टर मिलेंगे। आपको यह आश्चर्य होगा इतना कम रेट।

आप इसे यह पता कर सकते हैं ट्रैक्टरों की कीमत वहीं पर ज्यादा होती है जहां ज्ञान की कमी होती है। पंजाब और हरियाणा का किसान बहुत उन्नत है समझदार है इसलिए वह कम कीमत में ही ट्रैक्टर खरीदना है पूरे भारत में आपको ट्रैक्टर महंगा मिलेगा इसको मान लेना है आपको ट्रैक्टर सस्ता करवाना है मोलभाव करना है।

हमारे किसानों की के सबसे बड़ी गलती होती है। वह छोटी चीजों का तो मोलभाव करते हैं लेकिन जब बड़े शोरूम में चले जाते हैं वहां पर उनकी यह क्षमता खत्म हो जाती है। क्योंकि शोरूम बने इसीलिए जाते हैं ताकि आपकी मोल भाव की क्षमता को खत्म किया जा सके।

इसका एक उदाहरण है हमने पहले कपड़े की दुकान खोली जिसमें हम सिलाई भी करते हैं। यानी बुटीक खोल पहले बहुत सिंपल सा था बहुत बड़ा शोरूम नहीं था। तो हर कोई हमारे साथ आकर मोलभाव करता था लेकिन फिर हमने उसको बहुत सुंदर रूप दिया उसने ऐसी लगवाएं। उसको फाइव स्टार बना दिया। आज हालात यह है कि हम एक ब्लाउज की सिलाई लगभग तीन गुना लेते हैं फिर भी कोई हमारे साथ मोलभाव नहीं करता। क्यों मोल भाव नहीं करता क्योंकि वह लोग मोलभाव करने को हीन भावना के साथ जोड़ देते हैं। लेकिन मोलभाव करना अमीरों की निशानी है आज से अमीर बनिए और मोलभाव करना शुरू कीजिए।

नीचे लिखी गई प्रक्रिया से कीमत का पता करें और कहे की कीमत कम करो।

1. जल्दी बाजी बिल्कुल मत करें और अपनी कीमत जिस पर आप ट्रैक्टर खरीदना चाहते हैं बिल्कुल मत बताएं।

2. लगातार कई दिनों तक ट्रैक्टर की कीमत कम करवाने का प्रयास करें।

3. दूसरे ट्रैक्टरों की कीमत कम बात कर कीमत कम करने की कोशिश करें।

4. उनसे कहे कि मैं आपके दो से तीन ट्रैक्टर बेच दूंगा पर मेरे ट्रैक्टर की कीमत कम करें।

5. सभी कंपनियों के सेल्समैन अपने घर पर बुलाएं और उनमें कीमत का कंपटीशन करवाई।

6. कंपनी के अफसर का नंबर खोजें और उसे कीमत कम करवाने के लिए निवेदन करें। महीने की अंतिम तारीखों में ही ट्रैक्टर खरीदें क्योंकि उसे समय कंपनी वालों पर बहुत दबाव होता है। ट्रैक्टर बेचने का ट्रैक्टर कंपनी का अधिकारी आपको आई कीमत से भी काम में ट्रैक्टर दे देगा बस मेरी इस बात को मान ले क्योंकि मैं लगातार 23 साल ट्रैक्टर कंपनियों में काम किया है।

7. इंश्योरेंस खुद करवा कर पैसे बचाएं।

8. आरटीओ ऑफिस में स्वयं ट्रैक्टर का रजिस्ट्रेशन करवा और पैसे बचाएं।

9. लोन का ब्याज काम करवाओ।

10. लोन की प्रोसेसिंग फीस कम करवाओ।

11. वारंटी का पूर्ण ज्ञान ले एक्सटेंडेड वारंटी जो पैसे से मिलती है वह कभी मत ले।

12. ट्रैक्टर डीलर से सभी यंत्र मत खरीदे क्योंकि वह महंगे होते हैं इस कीमत में बाजार में आपको 20000 से 30000 तक सस्ते यंत्र बाहर से मिल जाते हैं।

अमीर आदमी हमेशा मोल भाव करते हैं। इसीलिए मैं अमीर होते हैं क्योंकि आपने अपने पैसे बचाएं तो अपने लक्ष्मी मां की कदर की तो लक्ष्मी मां आपको धनवान कर देती है। ब्रह्मांड आपको ज्यादा धन भेजना शुरू कर देता है अपने ब्रह्मांड को यह संदेश दिया है कि मैं ज्यादा धन चाहता हूं। मैं मोलभाव करता हूं तो ब्रह्मांड यह सोचता है कि आपको ज्यादा धन चाहिए इसलिए आपके पास ज्यादा धन के कमाने के मौके भेजता है। वैसे लोग भेजता है जो आपकी मदद करते हैं कि आपके पास ज्यादा धन हो....

9. ट्रैक्टर के यंत्रों का निर्णय ले और खरीदें ...

ट्रैक्टर एक यंत्र है जो ताकत पैदा करता है जो ताकतवर यंत्रों में इस्तेमाल करके हम कार्य करते हैं। यानी यंत्रों के बिना ट्रैक्टर सिर्फ सवारी करने का वहां है धन कमाने का नहीं है इसीलिए आपको यंत्र खरीदने का ध्यान रखना है। इसका निर्णय लेना है कि आपको कौन से यंत्र लेने हैं आपके घर के लिए कौन सी यंत्र चाहिए और बाहर काम करने के लिए कौन सी यंत्र चाहिए।

इसमें मैं फिर आपको 80 20 का नियम लगाने को कहूंगा।

70 से 80% यंत्र सिर्फ 20 से 30% कमाई करते हैं जबकि 20 से 30% यंत्र लगभग 70 से 80% कमाई करते हैं इसको ध्यान में रखकर ही आपको यंत्र खरीदने का निर्णय लेना है।

आपको ट्रैक्टर से ज्यादा पैसा कमाना है तो आपको नीचे लिखे गए तरीके से यह तय करना है की आपको कौन से यंत्र उपयुक्त होंगे जिससे ज्यादा धन कमाया जा सकता है।

नीचे दी सारणी को पूर्ण रूप से भरे।

यंत्र का नाम	20 80 के नियम	आपके कितना जरूरी है	लेना हा या नहीं तय करे

इस सारणी को पूर्ण करें और निर्णय आपको कौन सी यंत्र खरीदने हैं। जिससे आप ज्यादा धन कमा सकते हैं और यंत्रों की कीमत में भी मोलभाव करें जैसा हमने ट्रैक्टरों के मोलभाव में सीखा है।

10. ट्रैक्टर चलाने का सही ज्ञान ले

मैंने लगभग 23 साल ट्रैक्टर कंपनियों में काम किया है। जब भी हम ट्रैक्टर का डेमोंसट्रेशन डीजल के लिए करते थे। तो हमारा ट्रैक्टर हमेशा कम डीजल खाता था। मैंने लगभग सात का ट्रैक्टर कंपनियों में काम किया है सभी के ट्रैक्टर ही जब हम चलते थे तो डीजल कम खाते थे।

यहां पर कुछ लोग कहेंगे के ट्रैक्टर में कुछ सेटिंग कर लेते होंगे ऐसा कुछ नहीं है ट्रैक्टर की कोई भी सेटिंग बाहर से नहीं की जा सकती वह कंपनी से सेटिंग होकर आता है। बस हम तो क्या करते थे। उसको चलते सही थे इसीलिए ट्रैक्टर डीजल काम करता था इस तरह से आपको ट्रैक्टर को सही चलाना सीखना है क्योंकि हर ट्रैक्टर को चलाना अलग होता है। अगर अभी आपके पास एक ट्रैक्टर है वह चला रहे हैं कल आप नया दूसरी कंपनी का ट्रैक्टर ले आते हैं तो उसके चलाने का तरीका अलग होगा। उसकी रेटेड आरपीएम अलग होगी उसको हाइड्रोलिक का इस्तेमाल अलग होगा यानी सब चीज उसकी अलग होगी तो जो पहले आप ट्रैक्टर चलाते थे। उसके ज्ञान से आप यह नए ट्रैक्टर को चला ही नहीं सकते। अपने ऊपर आप और अपने परिवार के ऊपर एक कृपा करें आप ट्रैक्टर को सही चलाना सीखे यह तय कर देगा कि आपका डीजल कम खपत होगा और आप ज्यादा पैसे कमाएंगे क्योंकि बजत ही कमाई का रूप होती है।

नीचे लिखे हुए बिंदुओं पर ध्यान दें ताकि आप ट्रैक्टर सही चल सके ...

1. ट्रैक्टर को सही आरपीएम पर चलना है।

2. खेत के अंदर हाथ वाला एक्सलेटर का उपयोग करना है और रोड पर पैर वाले एक्सीलेटर का प्रयोग करना है।

3. सही गियर का चुनाव सही यंत्र के साथ।

4. हाइड्रोलिक या लिफ्ट का सही इस्तेमाल करना है। पोजीशन लीवर को कब उसे करना है ड्राफ्ट कंट्रोल को कभी उसे करना है। दोनों का मिक्स उसे कब करना है इसको विस्तार से अच्छी तरह समझ ले और सीख ले और इस्तेमाल करें सिर्फ यही अगर आप सीख गए तो यह लगभग 20% डीजल की बचत करता है।

5. ब्रेक का सही इस्तेमाल करें। खेत में मोड़ते समय कम जगह में मोड़ने के लिए डिफरेंशियल का उपयोग करें।

6. पावर टेक आफ शाफ्ट से चलने वाले उपकरणों का पूरा ज्ञान ले कितनी आरपीएम पर कितने चक्र पर इस उपकरणों को चलना है। कौन से गियर में चलना है इंजन आरपीएम कितनी रखनी है। इसका पूरा ज्ञान ले या आपके डीजल की बचत करेगा।

7. क्लच का उपयोग कम से कम करें क्लच के ऊपर पैर रखकर ट्रैक्टर ना चलाएं क्लच सिर्फ गैर बदलने के लिए होता है।

8. ट्रैक्टर की सर्विस समय पर करें। यह ट्रैक्टर की लंबी उम्र के लिए जरूरी है।

9. ट्रैक्टर के एयर क्लीनर को रोज साफ करें ड्राई टाइप एयर क्लीनर को कंपनी के हिसाब से साफ करें।

10. ट्रैक्टर को बंद चालू करते समय इन निर्देशों का पूर्णता पालन करें। ट्रैक्टर को शुरू करने से पहले अच्छी तरह देख लो ट्रैक्टर में डीजल कितना है। तेल कितना है सभी तरह की जांच करें ट्रैक्टर को न्यूट्रॉन पोजीशन में रखें क्लच को दबाकर इग्निशन ऑन करें। इसी तरह जब काम करके वापस आ जाएं तो ध्यान रखें इंप्लीमेंट जो हाइड्रोलिक पर लगा हुआ है उसकी जमीन पर रख दें ट्रैक्टर को न्यूट्रल करें आधा मिनट ट्रैक्टर को चलने दे धीरे से चौक खींचकर ट्रैक्टर को बंद करें। ट्रैक्टर को साफ सुथरा रखना जरूरी है कुछ भी समस्या हुई तो आपको समय से पहले पता चल जाएगा।

11. ट्रैक्टर को पहले 100 घंटे चला कर फुल लोड में चेक करें...

ट्रैक्टर नया लेने के बाद लगभग 100 घंटे इसको फुल लोड पर चलाएं ताकि कोई भी ऐसी कमी हो जो कंपनी ने छोड़ दी हो आपको पता चल जाए और आप ट्रैक्टर में वह ठीक कर सके या ट्रैक्टर को बदलवा सके

ट्रैक्टर से ज्यादा पैसा कमाने वाले अलग ट्रैक्टर नहीं खरीदते।
वह ट्रैक्टर को अलग तरीके से चलाते हैं।।

– **गुरदीप सिंह**

नई शुरुआत...

बैक पेज

भारत एक कृषि प्रधान देश है लेकिन आज भी बहुत सारे किसान ट्रैक्टर खरीदने तो है पर समय पर पैसा वापस नहीं चुकाने पर उनके ट्रैक्टर को फाइनेंस कंपनियों द्वारा खींच लिया जाता है जिससे उनकी शुरू में लगाई हुई पूंजी तो खत्म होती है और ट्रैक्टर भी चला जाता है गांव के अंदर इज्जत भी नहीं रहती और धन भी चला जाता है। यह सिर्फ इस वजह से होता है हमें ज्ञान की कमी होती है हमें यह पता ही नहीं होता ट्रैक्टर कब खरीदना है और ट्रैक्टर से लाभ कैसे कमाना है ट्रैक्टर सही खरीदना ही लाभ कमाने का रास्ता है

धन्यवाद